大海,像生铁一样咆哮

北京文艺网国际华文诗歌奖获奖诗选(第三届)

华东师范大学出版社

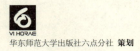

华东师范大学出版社六点分社 **策划**

目 录

诗歌奖一等奖

    获奖者　晒盐人

博物馆(组诗)

    灯塔博物馆 / 3
    台风博物馆 / 4
    海盐博物馆 / 5
    渔业博物馆 / 6
    茶叶博物馆 / 7
    丝绸博物馆 / 9
    刀剑博物馆 / 11
    瓷器博物馆 / 12
    秤砣博物馆 / 14
    天空博物馆 / 16
    秋风博物馆 / 18
    冬天博物馆 / 19
    身体博物馆 / 21
    爱情博物馆 / 23
    蝴蝶博物馆 / 25
    废墟博物馆 / 27
    尘埃博物馆 / 29
    油漆博物馆 / 31

时光考古学(组诗)

    遥远的,亲爱的 / 33

牛皮信封 / 34

边疆 / 35

在深夜看一部老电影 / 36

挂在墙上的外套 / 38

图书馆 / 39

熬药的人 / 41

遗物记
　　——兼致商略 / 43

钟声 / 45

起初与最终 / 47

在青瓷小镇 / 48

在大港头谈论乡愁 / 49

秋分辞 / 50

时光之门 / 51

中秋辞 / 52

双向列车 / 54

时光考古
　　——与万俊诸诗友一席谈 / 56

在磁窑堡废墟里审视一只陶罐 / 57

磁窑堡 / 58

清水营 / 59

青石峡 / 61

靖朔门 / 62

石门关 / 63

火石寨 / 64

云台金顶 / 65

东岳山 / 67

老戏台 / 69

薄雪 / 70

古雁岭 / 71

麻雀之歌 / 72
断章:有关长城的长短句 / 74
《晒盐人的诗》授奖辞 / 78
晒盐人获奖感言 / 79

诗歌奖二等奖
获奖者 古 冈
上海,驱巫的版图(组诗)
老城厢 / 83
44 弄 / 84
老北门 / 85
东正教堂 / 87
环地铁 / 88
南东书店 / 89
四马路 / 90
后视镜 / 91
过肇家浜路 / 93
自顾自 / 94
天钥桥路 / 95
胜似那时 / 96
住区 / 97
一头栽进早晨 / 98
大道 / 99
晨起开的门 / 100
出走 / 102
仿古的飞禽 / 103
废话的迹象 / 105
分析的秘密 / 106
假寐 / 107
今早,或今世 / 109

进取心 / 110

考勤 / 111

来自审判的早上 / 112

老套路 / 114

冷暖 / 115

美的疤痕 / 116

偏头痛 / 117

日子朝东 / 118

软刀子 / 120

社区潜规则 / 121

循规 / 123

一上班,我就去找 / 124

异化的大脑 / 125

职代会 / 126

真不在乎 / 127

综合症 / 128

卡夫卡的脆纸片 / 129

城的一头 / 131

背面的美 / 132

晨,并非一个梦 / 134

初春 / 135

邻里 / 136

旧灶间 / 138

地下商铺 / 139

飞翔 / 141

勾掉一个人名,一生的事 / 143

苟且 / 145

海妖的歌 / 146

黑夜行 / 148

居所 / 150

裂变 / 152
翻版 / 153
千年 / 154
逃之夭夭 / 156
胸口广场 / 157
雨中滞留 / 158
中风的邻居 / 160
体检 / 161
将老 / 163
回头 / 164
快乐 / 165
美的空房间 / 166
城中城 / 167

古冈组诗《上海,驱巫的版图》授奖辞 / 170
古冈获奖感言 / 171

诗歌奖二等奖

　　获奖者　西衙口

大海,像生铁一样咆哮
　　林冲 / 175
　　妥协 / 176
　　旗帜 / 177
　　马颊河 / 178
　　遗址 / 179
　　顿悟 / 180
　　油菜花 / 181
　　蝴蝶 / 182
　　大平原 / 183
　　敕勒川 / 184
　　山水谣 / 185

亥猪 / 186
丑牛 / 187
迟到 / 188
麦城 / 189
芦苇 / 190
顺河路 / 191
关帝 / 192
风的秘密 / 193
我的阿富汗 / 194
闪电 / 195
雪野 / 196
下班路上 / 197
忆重庆 / 198
在海船上 / 199
安宁 / 200
放鸽子 / 201
记马颊河上一位晨练的老人 / 202
杜甫 / 203
过年 / 204
麻雀 / 205
狐狸 / 206
我决定把我再卖一遍 / 207
苍鹰 / 208
小蚂蚁 / 209
落日 / 210
多余 / 211
总调度室 / 212
东风 / 213
共工之怒 / 214
精卫记 / 215

黄帝 / 216
帝舜 / 217
阪泉之战 / 218
马陵之战 / 219
城濮之战 / 220
炒神 / 221
秦始皇 / 222
孔子 / 223
屈原 / 224
荆轲 / 225
桃花寨 / 226
鲁智深 / 227
宋江 / 228
武松 / 229
卢俊义 / 230
晁盖 / 231
杨志 / 232
在鹳河 / 233
黄河赋 / 234
涝河滩 / 235
冷 / 236
河流 / 237
濮城镇 / 238
蚂蚁奔跑 / 239
大风 / 240
雀鸣 / 241
沙蟹 / 242
立冬记 / 243
杨花记 / 244
猫 / 245

那是一根真正的骨头 / 246
大海 / 247
袁沟村 / 248
吵架 / 249
拾 / 250
逻辑 / 251
局限 / 252
月亮 / 253
仿佛他已经宽恕了未来 / 254
巳蛇 / 255
马头琴 / 256
恶毒 / 257
影子 / 258
早晨 / 259
奢侈 / 260
吠叫 / 261
蜗牛 / 262
该死的蚁窟,它到底藏着什么秘密 / 263
一枚黄叶掉在路面上 / 264
黎明 / 265
过洮水 / 266
信心 / 267
夜空 / 268
王维《文杏馆》写意 / 269
杜牧《遣怀》写意 / 270
杜甫《江南逢李龟年》写意 / 271
赠送 / 272
松树 / 273
走神儿 / 274
羚羊 / 275

敬意 / 276
　　写生 / 277
　　黄河谣言 / 278
《西衙口的诗》授奖辞 / 281
西衙口获奖感言 / 282

诗歌奖三等奖
　　　　获奖者　轩辕轼轲
广陵散（30首）
　　夜奔 / 285
　　收藏家 / 286
　　捉放曹 / 287
　　体操课 / 288
　　挑滑车 / 289
　　断桥 / 290
　　不敢动 / 291
　　富士康 / 292
　　藕塘关 / 293
　　南方的寡妇 / 294
　　路的尽头 / 295
　　小丑贾三 / 296
　　连环画 / 298
　　搓背图 / 299
　　批发暴风雨 / 301
　　上辈子 / 302
　　在人间观雨 / 307
　　临沂城又逢江非 / 309
　　飞人 / 312
　　广陵散 / 313
　　太精彩了 / 315

路过春天 / 316
　　趁着 / 318
　　是××总会××的 / 320
　　无计可消除研究 / 322
　　G区13号楼 / 323
　　孙悟前传 / 326
　　春节怀大舅 / 328
　　数字 / 331
　　我们镇上没有小偷 / 334
《轩辕轼轲的诗》授奖辞 / 340
轩辕轼轲获奖感言 / 341

诗歌奖三等奖
　　获奖者　茱萸
组诗《九枝灯》(选12首)
　　叶小鸾:汾湖午梦 / 345
　　曹丕:建安鬼录 / 347
　　高启:诗的诉讼 / 349
　　李商隐:春深脱衣 / 351
　　刘过:雨的接纳 / 355
　　阮籍:酒的毒性 / 357
　　孟浩然:山与白夜 / 359
　　庾信:春人恒聚 / 361
　　沈复:浮槎遗事 / 363
　　罗隐:秋华辜负 / 365
　　李贺:暗夜歌唇 / 367
　　钱谦益:虞山旧悔 / 369
茱萸组诗《九枝灯》授奖辞 / 371
茱萸获奖感言 / 372

诗歌奖三等奖：
  获奖者 额鲁特·珊丹

蒙古菊 / 375

酒中的行板
  ——献给我的蒙古菊
   a 大调 / 385
   b 大调 / 389
   c 大调 / 392

额鲁特·珊丹《蒙古菊》授奖辞 / 395

额鲁特·珊丹获奖感言 / 396

诗歌奖一等奖

获奖者　晒盐人

晒盐人：本名高鹏程，宁夏人，现居浙江。中国作协会员，浙江青年文学之星，22届青春诗会成员。鲁院21届高研班学员。在《人民文学》、《诗刊》、《中国作家》、《散文》等刊物发表作品。曾获浙江省优秀文学作品奖、第三届人民文学新人奖、第四届全国红高粱诗歌奖、第三届国际华文诗歌奖一等奖、第三届李杜诗歌奖银奖、第五届徐志摩诗歌奖等奖项。著有诗集《海边书》、《风暴眼》、《退潮》、《县城》、《江南：时光考古学》、《萧关古道：边地与还乡》，随笔集《低声部》等。

博物馆（组诗）

灯塔博物馆

需要积聚多少光芒，才不至迷失于
自身的雾霾

需要吞吃多少暗夜里的黑，才会成为遥远海面上
一个人眼中的
一星光亮？

我曾仔细观察过它的成分：一种特殊的燃料
混合着热爱、绝望和漫长的煎熬
终于，在又一个黎明到来之前
燃烧殆尽

之后，是更加漫长的寂寞。
它是光燃烧后的灰烬
作为
自身的遗址和废墟

现在，它是灯塔。灯塔本身
握在上帝（大海）手中废弃的
手电筒。被雨水用旧的信仰

2014.12.12

台风博物馆

把台风关在一间房子里。怎么可能？
但有人做到了
在岱山海岛，借助一场有关台风的 4D 电影
我重新经历了一次虚拟的毁灭。
有时，我也想成为一座台风博物馆，保留一场台风
刮过的痕迹、溃败的堤坝、码头和一片被潮水重新抚慰的滩涂
或者，我只是想保留一个平静的台风眼，肚脐一样的
漩涡、紧闭的双唇以及远处
一只蝴蝶扇动的翅膀

——事实上，我其实只想保留一场台风再次到来的可能
一场在毁灭中重新诞生的愿望

2013.12.12

海盐博物馆

首先需要以阳光的名义,让海水和晒盐人
经历双重的煎熬

纳潮。制卤。测卤。结晶。归坨。终于
多余的水分消失了,晒盐人
交出了皮肤里的黑
而大海
析出了它白色的骨头

无需青花和白瓷
陶罐、卤缸以及任何一种寻常器具
都是盛殓大海舍利的佛塔

由此,人间有一种至味被称为清欢
有一种日子被叫做清白。
而更多的事物还将被
一再提纯

海水平静。曾经的沸腾冷却了
那些结晶的事物,
将成为我们身体的一部分:
眼眶中的咸,骨骼中的釉色以及血液中的黏度

2014.12.12

渔业博物馆

在冬天,模仿礁石的生活
把冷穿在身外
留出中间的部分,让鱼群和光线穿过冬眠的身体

在冬天,把渔网竖在空中,任凭风
一遍又一遍穿过它
而雁阵,像又一列鱼群。划过虚无的列车

在冬天,波浪静止,凝固。
藤壶在稀薄的阳光下紧闭火山状的硬壳

哦,在冬天
你胸腔中的深海,眼神里的风暴以及
嘴唇边,搁浅的船

都消失了
被寒冷击打的汉字,像一排风干的鱼排
镶嵌在人世,这片更大的汪洋里

2014.12.15

注:藤壶,附着在礁石上的一种圆锥形的贝类。

茶叶博物馆

其实,只要一只青瓷盖碗或者
一只紫砂陶壶就够了。
无论红茶绿茶,还是乌龙普洱
核心的关键词
都只是同一个:煎熬

最好的,来自春风唤醒的
最嫩的牙尖:雀舌、旗枪、鹰爪
从来佳茗似佳人
这是不是说,一只紫砂壶内浸泡的
就是一位受难的少女?

壶内的人在煎熬
壶外的人,在清谈、阔论,并且把壶内的沸腾
听成了满山的松涛。
把一缕春天的芳魂
听成深秋的气象

世事大抵如此:
熄灭的炉火。凉掉的茶

这是个简单的比喻。但可以继续延伸
一片神奇的东方树叶,暗含着更多
古老的辩证法

它是生活的。也是宗教的。

是茶禅一味。也是澡雪精神。
而灵魂的香气都需要干枯的肉体为代价
而重新唤醒它的,同样是
又一次的煎熬

沸腾之后,同样会有人,嗅着香气慢啜细饮
直到炉火熄灭,人走茶凉
直到杯底露出残山剩水

我说的也许是一个女子的香消玉殒
我说的,也许是一个王朝的荣枯兴衰

2015.3.11

丝绸博物馆

首先要布下一条河流。远古的织机
一片桑叶里
文明的脉络。要布下一片史书缝隙里的灯光
灯下的慈母
游子行囊里密密的针脚

要布下马王堆里的帛画。帛画上的朱雀
青龙、白虎、玄武
布下丝绸的伞盖、扇面、尺素
尺素上游走的另一种针脚
布下它瓷器的左邻茶叶的右舍

布下漫漫黄沙。
连绵起伏的沙丘。沙丘上
一缕金色的光线。要布下一列驼队
沿着沙丘隆起的山脊,在东西大陆版块之间穿针引线
布下沿途纽扣般的边关要塞

布下帝国边境一盏摇摇晃晃的马灯
丝质的营帐
帐下的歌舞
布下胡女宽大的水袖,袖袍内包藏的祸心
布下一声渔阳鼙鼓,昏聩的山河

最后,要布下一个贵族女人的
千般缱绻万种风情

布下她丝绸的皮肤
皮肤下裂帛般的惊声尖叫
布下一个末代君王一匹丝质流水一样的诗行和失意

2014.12.16

刀剑博物馆

时间带来了锈迹。
也洗净了血迹和仇恨。
马放南山。鸟尽弓藏。刀剑
进入了博物馆。

用柴薪铺作它的展床。
悬黑熊胆以为灯。
黑暗的剑匣中,一柄剑收敛了它的锋芒。

承影、纯钩、鱼肠、湛卢、干将、莫邪之外
有过另外几把绝世的刀剑:
一把曾在越溪浣纱,另一把在温泉沐浴
另外两把,曾经让月色失去了光芒
让凌空的雁阵,忘却了划动翅膀……

刀剑无辜。它们
以人心为鞘。以人的胆魄、贪婪和私欲
作为它的锋芒
它们都曾是光的主人。而现在
它们是黑暗的囚徒。在我们身体

某个隐秘的角落。一个枕剑昏睡的君王
化妆成盛世的书生
一个忧郁的女子
从一柄寒芒上,照见了自己的前世。

2014.12.17

瓷器博物馆

想象一场数千年前的窑火。
想象窑工结实的胸肌和被炉火映红的脸庞。

石英。绢云母。长石。高岭土。
想象它们神秘的配方
想象一场泥土与火的恋爱,生殖。

想象雨过天青云破处的
那一抹神秘的釉色
一个东方民族精神内质的闪耀。

想象这青铜的远亲。诗歌和茶叶的近邻。
想象只有少量银器和木器的欧洲
怎样被盛到一只光洁的瓷盘里。

想象一艘宋朝的商船。一场风暴。海难和沉船。
想象海面的封条。封条下
被时光埋藏的珍宝
想象它浮出水面时散发的光彩。

想象一个美人怎样被
一口古井一样的梅瓶
埋下了一生的秘密和尖叫。

想象一个羸弱、挑剔的君王
他的金瓯一样完整瓷器一样易碎的江山。

想象那些被淹没在时间和荒草中的窑口。

劫后余生。现在,请抛开想象
到瓷器博物馆里,仔细聆听
只有午夜的开片声里,传来的
微弱的声响:中国瓷器,小心轻放,请勿倒置!

秤砣博物馆

首先要专注于对一枚出土秦权的凝视
它锈蚀、敦实,重约四两
据说它由始皇帝收天下之钱镕而铸之
面目漫漶的铭文里似乎隐藏着
某种不可言说的秘密

在西方,它是一架被称为天平的衡器
具有一个固定的支点
它的另一边
必须要用相同重量的砝码,才能维持惟一的平衡

而在东方,它是一种四两拨千斤的游戏
一枚小小的王权,压住的
是普天之下的王土和无数小民的头颅
只要控制好人心的变动,就能保持动态的平衡

但事情总是有失手的时候——
当秤盘中的头颅越堆越多,一枚小小的秤锤
膨胀成虚空的云朵
再高明的玩法
也无法阻止它的倾覆

等到跌碎的山河重新
恢复平静,游戏也将重复上演
从秦权到汉铎再到唐砣
变化的,只是它的形状和称呼

而所谓的明君、暴君,只不过是秤杆上戥星的游移

据说它最早的起源,与某种可以充饥的
植物的种子有关
所谓"秤之所起,起于黍";所谓"权者,本起于黄钟之重。"
正本溯源,先祖黄帝的发明
暗藏着东方古老的智慧

而后世,它逐渐演化为
对王权的掌控。所谓"十黍一絫,十絫一铢"
所谓"铢、两、斤、钧、石"
它权衡的,
仅仅是锱铢之间的欲望
是破碎山河和人心变动之间的支点

看得久了,我摸向了自己的身体——
那里,也有一片失衡的江山
那么,什么是能平衡它的秤锤,什么又构成了
那秤杆上游移不定的戥星?

2015.4.2

天空博物馆

"天空没有痕迹,而鸟已飞过。"

天空的博物馆里,除了鸟翼,除了
被鸟翼擦破的空气还有什么?

"天空空空荡荡,但并非一无所有。"
在那些看不到头的空洞里
也有台阶,有不为我们所知的陡峭
无法探知的深渊

它有棉花但不给我们温暖
它有乌云,也有埋藏在其中的金子
有满月的真诚也有不测的风云。

有我虚构过的星空一样的梦想
闪烁、诱惑
但却无法被触摸

天降瑞雪也会降下冤屈。
天降甘霖也会有冷雨、冰雹。雷霆
永远打不死真正有罪孽的人
闪电的封条撕下后,是一道深不见底的伤口

事实上,天空再大也大不过地上
一个人的野心
天空再空也空不过

一颗被伤害过的心

所以,都拿去吧
你这用旧的闪电。过期的雨水。色厉内荏的雷声
以及一张无辜的乏善可陈的蔚蓝的脸

2014.12.18

注:引号内为泰戈尔诗句。

秋风博物馆

首先要安放被它催熟的万物。表面的斑斓
内部的衰败以及随之到来的霜雪

人世间的天气凉了。要安放下一条江和它
隔开的广大的北方和南方。
安放一棵树和一缕北风
让擦着山脊的雁阵返回。一匹淹留在南方的马找到依靠

要安放下雁痕擦过后天的蓝和空
安放一座南方的园林
安放下红酥手和黄藤酒
人世间的天气凉了,要安放下最后的欢愉和薄情

要安放下一条打马而归的北方的河流
名字就叫清水河或者无定河
要在河边安放脱光叶子的柳树,上游
白了头的芦苇和爱情

安放一个被风吹空的人
单薄身影和不死之心
安放下一缕琴声里的荒阆家园,小小坟茔

2015.3.9

冬天博物馆

需要放入黑。冰冷的铁。燕山
席子一样大的雪花

够冷了吗？还不够
还需要放入后妈的心肠，孩子
姜芽一样红肿的手指

够冷了吗？还不够。
还需要放入人走后茶的凉
落于井下的石头、过河后拆掉的桥
烹掉的狗藏好的弓
讨债人的逼迫，六月飞雪，人世间
所有的冤屈

够冷了吗？还不够
需要放入哈尔滨的冰雕，黄河的凌汛
西伯利亚的寒流
还需要放入驶向古拉格群岛的白色航船
通往奥斯维辛的列车
笼罩在黑土地上空的黑太阳
1937年12月13日后的金陵故都

够冷了吗？还不够
需要放入北冰洋的冰凌
南极洲的冰川喜马拉雅山上亘古不化的
暗蓝的冰晶

放入一个人离去后,世界
突然到来的空旷和死寂

2014. 12. 16

身体博物馆

需要用骨架支撑起它的穹顶。需要有一盏
被称作爱
或者信仰的灯盏照亮它的展厅:

这是肺。吸过粉尘。雾霾。人间烟火和岫中白云
但
只有一支好烟和一首好诗同时出现时
它才知道什么叫做感人肺腑

这是肝。替他化解过多少幽愤。郁结在胸口
和血液中的余毒。
这是胆。有时候很小。有时候
曾经包住过天。如今,安静地靠在肝脏的下面
只有遇到一杯好酒,一个好兄弟
它们才又一次明白,什么叫做
肝胆相照

这是肠。盘旋、纠结、扭曲。仿佛命运。仿佛
他一生道路的隐喻。一声离歌,让他
柔肠千转。一声楚歌又能让他
荡气回肠

这是胃。它替谁尝过那么多
甜酸苦辣。它把那么多坚硬的牙齿、柔软的情话
苦水、牢骚
统统稀释在强大的胃酸里

也让自己的胃壁千疮百孔。多年来一直
隐隐作痛

这是心。不是很红,可也
算不上黑。被愤怒淹没过,被背后的刀子
暗算过。但始终
不肯死心。依旧在黑暗中
孤独地跳动。并且相信,在另一座黑暗的
博物馆里,有一个孤独的心,在期待和它
心心相印

2015.3.20

爱情博物馆

想象它是沈园。大观园。
也可以是桑菲尔德庄园。或者呼啸山庄。

在东方语境里,它也许是某一首诗。
一小片朦胧的月色。
一个眼神。

在另一个故事里,它等同于性与毁灭。
等同于维洛那王国,蒙特鸠与卡布雷特家族之间的
不可逾越的鸿沟。

它更多地存在于夜晚或者
云端
通往它的道路曲折,
需要一双水晶鞋、南瓜马车
或者一张牛皮飞毯,喜鹊羽毛撑起的幻象。

它是维特的烦恼。
也是柳梦梅的梦呓。
也许,还有某个人一生的承诺。
它是轻盈的,也是沉重的

王子爱上灰姑娘,穷小子
切慕富家女
东西方版本里男女主角的身份原本就耐人寻味。
而更有意思的在于故事的结局

往往在他们幸福地相拥在一起时

戛然而止。
两片焊接在一起的嘴唇仿佛两扇博物馆的大门
封锁了它滑向庸常的真相和秘密。

2015.3.20

蝴蝶博物馆

它曾在一个西方诗人的诗行里跨海飞行
作为某种神秘的力量之源
它果真策动过一场遥远海岸的风暴?

它脆薄翼翅上闪烁的
粉末,用来提供女巫制造的蛊毒迷幻剂
构成了一个未来诗人眼中世界的幻象

而在东方古老的传说中,它之所以能够
化身为爱情
在于它的轻盈、美丽,看上去
更加接近灵魂
或者它只是灵魂
蜕去了肉体的丑陋和生活的沉重

蝴蝶飞舞。
在某这个具体的故事中
它们曾经替一对死去的情人,驮起了两扇
沉重的爱情墓门

蝴蝶飞舞。
炫目的光斑里,有迷幻的图案,也有
枯叶一样的纹理
——莫非灵魂也会黯淡、枯萎?

现在,这些飞翔都是静止的,

肉体消弭了
灵魂也凝固在一小片玻璃里，
它来自天堂？

一束薄薄的光打过来，这使它们看上去更加接近
某种真相：

那薄如蝉翼的想象
带着死亡的甜味

2015.4.7

废墟博物馆

文明最后的容器。
用时间、雨水、荒草和最后出现的一抹
夕阳布展。

与其说是砖石、朽木、泥土
不如说是时间
构成了它的建筑材料

更多的时候,它是废弃的王陵。毁于大火
的神庙和兵燹中消失的城堡

一块马蹄铁里隐藏着一个帝国的疆域
一片碎瓷里隐闪烁着一座王朝
盛世的繁华

而馆中的陈列,并不由我们决定。
盔甲锈蚀、腐烂。碑刻斑驳、破损
那些被精心修饰和描绘过并试图传之后世的功业
一并模糊漫漶,无稽可考。
只有残缺的瓦当、基础、廊柱
散落在荒烟暮草之中

看得久了,有时候,从废墟上移出的目光
会变得恍惚:那些完整、高大的建筑
同样,被我看成了一座座废墟
那些道貌岸然的,还在夸夸其谈的人

仿佛穿着金缕玉衣的行尸走肉

而那个在秋风中痛饮夕阳的人
看上去,像极了古代一座正在燃烧的烽堠

2015.3.6

尘埃博物馆

它是最初
也是最后的形式:落在瓷器上的灰尘,青铜上的锈
丝织品上,最后一声裂帛之后的沉寂

伴随光线产生。它带来雾霾、乌云也制造我们
司空见惯的神迹:天的蓝,朝霞或者余晖
以及雨后,一抹炫目的彩虹

它部分地存在于空间但更多地
存在于时间:史书上被忽略的书页,英雄以及小丑内心
幽暗的一面

尘埃落定。在青铜或水银的镜面上
它让美和爱情黯然失色
它使事物看上去更加模糊,但其实
更接近本质:

正是这些灰尘构成了时间以及
真正作用于这个世界的神秘力量
我们所有的努力只不过是在延缓
或者加剧它的过程

它无处不在却又不在我们的视野之内
只有孩子的眼睛不曾被蒙蔽
只有孩子天使般的眼睛看见它的秘密:

在博物馆空旷的大厅,透过
天窗漏下的光线
只有它们还在飞舞。寂静旋转
约等于原子内部以及整个宇宙的形态

2015.3.6

油漆博物馆

我熟悉这危险
而古老的职业。它们的痕迹曾经出现在七千年前
一只木胎漆碗上。而接下来的所有历史
都可以概括为一部髹漆史

伶人。乐伎。附会在
帝王和权贵帐前的翰林、门客、幕僚、史官
他们作为漆匠的身份不停地变化
他们使一个时代
看上去更加光鲜。在某种程度上,正是他们
披着华丽光泽的文饰,替代了历史真实的书写

但他们,并不属于其中的部分
一具棺椁髹漆之后,一个漆匠成为众多陪葬品之一
一个强盛的王朝背面
一个史官受尽宫刑
一曲羽衣霓裳幕后,是一个诗歌天才黯然的身影

当无数王朝湮没于荒草古丘
一只汉代朱砂木碗
一件唐代金银平脱镜盒、一盏宋代素漆茶杯
以及明清家具上的雕漆
依旧鲜亮
吊诡的是,恰恰是这些文过饰非的花纹
帮助我们恢复了对于历史的想象

一个古老的职业。在今天,依旧有着
强大的生命力
如同眼前船厂里的一群,继续在数十米高空里涂抹着一艘大船
他们被普通话改造过的方言,混合着吸进喉咙里的漆气
听上去五颜六色
生动、鲜艳,却又充满毒素

午休时他们沾满油漆的身体
躺在巨大船体的阴影里
看上去
更像是一个白日梦,与高大船身构成的某种隐喻

2015.7.10

时光考古学(组诗)

遥远的,亲爱的

我固执地给我抒写的对象,都加上这个修饰。
仿佛这样,就可以把
身边的事物推远。把远处的
推得更远
一直到达,想象的边沿

近处无风景。
现世里也没有我的所爱
这些年,我虚构马匹、船帆、一匹骆驼或者
一只瘦小的蚂蚁
仿佛这样,才能把自己从生活的泥淖中拔出
仿佛

只有遥远的,才会是亲爱的
那些近乎虚幻的
从来无法抵达之处、之人、之事
那一滴海水中殿堂
一粒沙子中的庙宇

哦,那些沉默的沙丘和波浪的言辞无法说出的
遥远的、沉默的天际线
遥远的沉默的嘴唇

2015.10.8

牛皮信封

它装好消息。也装噩耗。
朴素年代里,它装一个人一生的承诺。
它有泥封的唇印
铜、铅和锡押盖的火漆
它装闪电、爱情、连天烽火里抵得上万金的
老母妻儿的嘱托
灯火昏黑的驿站或者
荒烟蔓草的古道上
彻夜响着的马蹄
有时候,它以另一种形式出现。
它包住秘密的火。交通站、暗语。穿过幽暗雨夜的
匆匆脚步。绿皮火车。模糊的车窗,一闪
而逝的身影

哦,曾经
它装着另一个我试图敲开这个世界大门
一封过去的牛皮信封里
有我所有
对于远方的想象。
但这些
都过去了。现在,它被一根光纤拉下了马
现在,它更像一个时间的棺椁
瘪下去的空壳
比人世空虚,比人情更加凉薄

2015.9.24

边疆

一部名叫《边疆》的电影
故事发生在某个边疆。具体在哪里
我并不感兴趣
一个人可以是另一个人的边疆
一个人也可以是自己的边疆
它也许就在你生活的中心
我的意思是,一个正在生活的人
也许一直活在自己的边疆
他离自己的中心很远
就像这部电影里出现的遥远的西伯利亚
火车也难以抵达的地方
另一种可能是,一个人
也许是另一个人的中心,当他
意识到孤独
意识到生活在自己的边疆
这样说似乎有点绕,但事实的确是这样
就像电影中的边疆
荒凉是一种生活,辽阔是另一种
还有想象中的古斯塔夫
还有风,还有爱

2015.9.23

注:古斯塔夫,俄罗斯电影《边疆》中的一列火车名字。

在深夜看一部老电影

我在看一部老电影。有关战争,爱情
和离别。

准确地说,我是在深夜,一个人
反复观看一部老电影
我用这样的方式,
一次次让死去的女主角复活,重新回到电影
和我的生活中。

她是玛拉还是费雯·丽
并不重要
重要的是战争开始了。爱情
也同时到来

是的,战争开始了而戒指
还来不及戴在有情人的手指上
年轻的军官被列车带走。
而年轻的女主角也开始经历另一场战争。
贫穷、饥饿以及
心上人战死疆场的噩耗
绝望的情绪笼罩在银幕内外

是的。战争,并不一定发生在战场上
也可以在一幢房子,一间卧室甚至一个人
的体内。一个人,可以是自己的将军、士兵。
也可以

是他的敌人和俘虏

后来,战争
终于结束了。爱情
却走到了悬崖边
一座著名的桥。隆隆驶过的军车使桥面震动
接下来是雨夜里晃眼的车灯和剧烈的刹车声

接下来,只有碎裂的吉祥符
躺在灯火稀薄的桥面上

观众静默。无声的哀伤
和硝烟一起在一个人的电影院里弥漫
音乐静止。而他在黑暗中依旧大睁着眼睛,双颊上
布满了泪水的弹坑
而屏幕上面,是一个毫无表情的男子面部特写

接下来,请允许我写下:如果
我的体内没有经历同样的雪崩
一切皆为虚构
如果我不曾站在一座类似的桥上,我不配写下这首诗

2015.4.25

挂在墙上的外套

并排挂在墙上。它们属于不同的身体和主人。
偶尔,借助从窗户外
刮来的风,左边外套的一只衣袖和右边的另一只
碰到一起——
它们只能依靠纤维感知彼此。但已很满足。
它们想起不久前,在小树林里
那两棵树,近在咫尺却无法触碰
只能靠落叶的嘴唇交谈
比起那两棵树,它们是幸福的
它们曾借助两个人的拥抱完成了自己
想要的拥抱
当然,那两个人,他们还拥有另外的,不同的外套
他们穿上它们去不同的地方。遇见不同的人,有了
不同的拥抱。
现在,床空着。房间空着。
只有两件挂在墙上的外套,借助一阵
来自窗外的风
紧紧靠着,像一对情侣——
带着外套下空荡荡的空间以及逐渐消失的两个人的体温

2014.2.24

图书馆

如今它在我日渐昏聩的记忆中。
临街公园的后背。一幢不起眼的灰色建筑。然后是
水磨石的楼梯。木格窗潮湿、浊重的光线里
昏昏欲睡的图书管理员。

"有些书页是甜的。"但有些
不是。进入窄门的途经,往往比书脊更加陡峭
需要付出全部的少年光阴以及盗火者
失明的代价。

他想起一个,曾经在自己的迷宫里打盹的人
期间不同的是:他的梦里
藏着一个更大迷宫,一个图书馆。
木桌上的油灯仿佛他
失明的眼眶,照亮着一本书的封面

翻卷着页边的旧书里传来无声喧哗
那是一些依旧活着的
逝去的人。
一些页码缺失了,书本中
一些人物的命运是否会因此改变
一个图书管理员疲惫的目光是否
平添了几分警觉?

窗外,法国梧桐带来了不确定的起伏
靠近窗口角落的一把靠背椅子还保持着

一个青涩少年习惯的姿势
时间消失了
桌面上,一层薄薄的灰尘,隔开了它
和一个庞大时代的背影。

2014.9.21

熬药的人

他习惯在夜晚干活。习惯把满怀忧愤
和黏稠的夜色一同倒入砂锅。

像一个熟练的药剂师,
他熟悉每一种药材的属性
也懂得火候的把握

此间不同的是,他使用的药材,采自
古老的诗经。那些前世的草木
带着山野和汉语的芬芳

他小心地收集它们,耐心地
安排起承转合,仿佛
用恰当的火候转化一幅汤药中的君臣佐使

夜色太浓,也许
还需要加入三克泪水,七钱淡薄稀释
胆汁太苦,
有时,还需要加入更多的热爱作为蜜炼

数不清有多少个这样的夜晚,
他熬灯泡里的钨丝,头发里的黑
他熬炼着这些汉字的药丸
直到鬓角和天色一样稀薄、发白——

当更多的药被取走,作用于这个世上的某处病灶

熬药的人
形销骨立,像一堆被榨干的药渣

2015.7.11

遗物记
　　——兼致商略

我不配再提爱
这人间最珍贵的词
我辜负了所剩不多的吉日。良辰。某人

谁在按照自己意愿生活？我们都是那个
我们不想成为的人。
世事寒凉。
山石，草木，残碑上
漫漶的字迹有美。有无言的暖意

几张法帖。
碑拓。瓦当。顽石
年代无考的墓砖。这些年
我的兴趣逐渐移向了这些无用之物。
这人间遗物。时间的残骸

是什么在消费我们。消耗我们。消解
我们？
我们活着。但只是一部分
属于遗物。
属于为将来的死所做的准备
而它，并不由我们自己选择

正如今天。我们提到那些
离去的人。我们提到他们。其实只是提到

一些残留之物。一些文字内的
未竟之意。一些枯黄
画卷中的美人。
他们自己早已
徘徊在星星的国度。真实,却已无法触摸

不久以后,我们也将部分地存在于
一些人的梦中以及另一些人
酒后的闲谈。
几句唏嘘或者一声叹息之后剩下的
古老的敌意以及恒久的沉默

此后,潮水持续拍打海岸。光线自林间透出
世事静默如迷。
惟有
偶尔的夜晚
偶尔的遗物在人世闪闪发亮

2014.1.29

钟声

钟声,住在钟里面。
一小团火,住在一盏青灯里。
一个枯寂的人住在自己身体的寺庙里。

一根黄昏或黎明的光线反复撞击着
肉体的殿堂。肋骨的穹顶以及
心脏里的铭文

一个沉默的人。有泥质,封印的嘴唇
他不会让钟声泄露
他耐心地收集着来自生活的撞击

那么多的暗伤。那么多
无处倾诉的悲苦
在他的内部
回旋、奔突,但它
不会腐烂,时间久了,它会变成固体的光
沉淀下来

偶尔,它渗出体外,在一张脸上
幻化出
异样的光泽

更多的时候,它像埋在我们腹中的一粒
药丸。在发炎的溃疡面

逐渐缓释的胶囊

2014.2.6

起初与最终

起初是你涨满绿色血液的手指
擦去我脸上的积雪

最终是一根枯枝,拨开我墓碑上的落叶
让黑色的大理石,露出新鲜的凿痕

起初是一根新生的光线,
唤醒地下沉睡的蛹
让白蝴蝶的翅膀,在一座豌豆花上掀起涟漪和风暴

最终是陈旧的雨水,
洗净了人间恩仇
一阵晚风,带来了永世的安宁和沉沉的暮霭

起初……最终。中间
是广袤、狭窄。是疼痛、麻木、缠绕。是纵有万千语。
是茫茫忘川……

当最后一粒
人间灯火被带入星空
死去如我者,也如静默的山峦微微抬起了头颅

2014.10.14

在青瓷小镇

这是哥窑。这是弟窑。
这是冰裂纹。
这是高级的梅子青或者粉青。

在青瓷小镇,
我们聊到诗。好文字的质地,仿佛
青瓷釉色上的那一抹清凉。

但我们很少提到
在它产生的过程中,我们内心经历过的类似窑火
一样的炙烤和煅烧。

2014.10.27

在大港头谈论乡愁

一个宁静的小镇。一条江水穿镇而过。
村口,几个闲散的人。一棵古树。一个埠头。流水
晃动着一些古老或者
新鲜的光阴

伊甸说,这个村口,符合中国人
乡愁的理念
我扭头看江面,看山气。又看村口。然后
点头称是

这乡愁忽焉似有。但很快会转浓。如果有人从这里走出。很多年
如果山岚转淡,江面上的雾气
能散去一些,如果那艘来接我的船已经抵达埠头

当然这乡愁也可能会更浓一些,如果上面的第三
到第四行诗是这样:一些新鲜的日子正在老去,或者
已经古老

如果这乡愁要刻骨铭心,那么上面的第一
到第二行诗
要这样写:埠头下的船
已经走远
江水继续流淌。村口,只有一棵老树。已
没有人

2014.10.27

秋分辞

今天秋分。
书上说:燕将明日去,秋向此时分。
这话没错。但以前我不明白
为什么要倒着说。
现在,我懂了。
说这话的,是一个北方人
经历过别离和深秋的气象
人世至此渐趋寒凉
人生也是
有些事既然注定要到来,就不妨提前说出
我也是
刚刚在北方的山岗上
安葬了父亲
当我爬上故乡的古雁岭
看见一行大雁向南飞去
忽然就有了身世之感
燕雁大致相同
此间不同的是,它们
飞向了温暖的巢穴
而我还走在与还乡相反的路上

2015.9.23

时光之门

和平门外,匆匆涌入的暮色
迅速拉暗了这座西域小城的面目

昏暗路灯下,一场持续鏖战的象棋
还在收拾当年
宋夏那场战争的残局

车流替代了边角。
暮鸦替代了归雁。
入夜,城墙根下酒吧里暗红的光,替代了城堞上的烽火

电吉他替代了胡笳。重金属电子音乐
替代了鼓角争鸣
来回穿梭的卖唱女郎
替代了出塞的昭君或者蒙面的胡姬

只有一个低吼着西域情歌的醉汉
嗓音里,传出马蹄铁的哒哒声
仿佛其中埋藏着一条通往西域的道路

有那么一阵子,借助血红葡萄酒带来的恍惚
我像一个被时光打败的战俘,
被押解到了马蹄踏破的故国街头

2015.9.17

注:和平门,宁夏固原高平古城的城门之一。

中秋辞

两个月前,我还默念
你给姐姐的叮嘱:"等到立秋天凉,熬一碗参汤
我一喝就好了"
可是父亲
你到底
还是没有等到那一天
我记得宋元祐年间,宫人依例
把盆栽的梧桐移入殿内
等到"立秋"一刻,便高声奏道:"秋来了。"
梧桐便应声落下一两片叶子

但是父亲,
我们的秋天却提前到来
在你像一片树叶跌落在尘土之后的第一个
立秋日
我端着一碗熬好的参汤却不知递给谁人喝下
父亲

我记得你走之后的第一个中元
月亮升起来,照着灵前那只碗里渐渐蒸发的
淡黄色液体
同样空洞、稀薄的遗憾
我返程之后,
你是否千里迢迢赶来
从我在异乡街口燃尽的纸灰里取走冰冷的银两

今天又是一个与秋有关的日子
我在海边看月亮升起
依旧
又大又圆
但以前所有对它的比喻都已作废
弯了不再是乡愁的钓钩
圆了也不再是回家的车轮
月亮只是我永远无法烧给你的一枚纸钱

2015.9.25

双向列车

孩子在读一本《水浒》。
我翻着特朗斯特罗默的诗集,
目光停在一首名叫《车站》的诗里。
K1333 次列车继续向西奔驰

单调的哐当声里
我的孩子逐渐进入了书本中的江湖
而我,顺着被翻译后的诗行
摸到了另一条轨道

此刻,有一列火车正在其间奔跑
沿着汉字和瑞典文之间的裂隙

这是我带着孩子又一次还乡
感谢命运
现在,我们还在奔向共同的源头。
如果一切顺利,午夜即可抵达
但这样的机会已经不会太多

我将在一次次还乡的途中老去
逐渐成为 孩子回不去的故乡
而我的孩子,将进入真正的江湖
成为我试图经历 但却无法抵达的远方

"这是命运
必然的结果。"神色凝峻的大师

用精确的诗行 宣告了它的无可置疑。

列车还在继续奔驰。
我的孩子还沉浸在书中的情节里面
我合上了疲倦的书页
——也许,我们还会有另一次的相逢:

当我的孩子从她暮年的江湖惊醒而我
能在一本书里给她留下秘密的入口?

2014.8.16 草于 K1333 次列车

时光考古
——与万俊诸诗友一席谈

早年的爱情诗人,现在痴迷于考古。
貌似巨大的反差里,其实有着
某种必然:世间多数爱情,到最后
都会像某个遗址。相关的人事大都下落不明。
这个下午,我们谈到黑风寨。花马池。以及最后
一批党项人的去向。
一个强悍的种族忽然消失了。连同一些神秘的地名
一处古老的宅院。弥漫的荒草,超过
几人合抱的古木。
在说到一个隐秘洞窟时气氛
有些凝固
——时光也许是最严密的封土但也可能
存在着盗洞。但我们
可能都是些失败的考古者:一个
王朝的陷落了,留下的蛛丝马迹也难以考证
而我们卑微、单薄的个体,更加无足轻重。
如同眼前的一堆宋代铜钱,
它们被一根绳索串起的
共同的命运已经各自散落。
如同你曾挖出的一窟糜子,重见天日之后
外表保持着新鲜的金黄而内部已经被时光淘空
只剩下一层空壳,被风轻轻吹飚。

2015.9.6

在磁窑堡废墟里审视一只陶罐

很显然,它和鼓腹的女人有着天然的隐喻
它腰腹间的纹饰
和妊娠纹并无区别

它喝鸳鸯湖的清水
就怀孕清水,就会为我们产下清洁的日子
她怀孕谷物,就会产下东塔、临河、郝家桥
和更多的子嗣

它喝黄河的水和泥沙
就会孕育黄色的种族、血脉
就会产下兴庆、兴武、中原、西夏……一条
更加斑驳的河流

它怀孕盐,为我们产下白色的骨头
就会为我们血液
和泪水的浓度提供保证

现在,在磁窑堡的废墟里
她怀孕一坛空虚
——嘘,安静点
她就要为我们产下方圆数百里的辽阔和寂静

2015.9.5

磁窑堡

几年前我曾如此设喻：
用瓷器上的一抹清凉，来形容好文字的质地
用封闭窑口内
烈焰的煅烧来隐喻一首诗
诞生的过程
但我们去的磁窑堡，已经没有窑址
窑火，也早就熄灭。
站在遍地碎片的废墟里
我盯着瓦蓝的天
看了很久
终于发现了它窑顶一样的穹宇
发现了盘桓在碎片和荒草之间的
一缕清风的秘密：它的前世
其实就是一团窑火
只不过，它用漫长的时间代替了窑口内
高温的煅烧
其中用来作为证据的是：
我在废墟中见到了
被时光处理过的一小片牛骨
洁白、干净，像极了一块磁窑堡的残片

2015.9.5

注：磁窑堡，在宁夏灵武境内。西夏磁烧制地。

清水营

清水营里已没有清水。也没有营
但肯定
曾经有过。
能够想象的场景是:一场数百年前的鏖战
战事惨烈。到最后,作为敌我
双方的军士都已精疲力竭。
焦渴的嘴唇
死死盯住了营口内最后一罐清水……

清水洒落。人头落地。
一场时间的风暴迅疾
而缓慢地席卷了整个营盘
……若干年
清水营,
虚无的营盘内依旧蓄涵着一罐虚无的清水
豢养青草,白云的嘴唇以及
时间的马匹

又若干年后
我和诗人杨森君一行再次到来
两个男人惺惺相惜,但他们的眼眶内
也不会滴下清水
而当他们离去
清水营的清水,并不会多出两滴

当然,也不会因此少去

2015.9.5

注:清水营,宁夏灵武境内一座荒废的城堡。始建于宋,曾为丝绸之路上军事要塞和边境贸易集散地。

青石峡

对它的追寻源自峡谷内一幢建筑的记忆。
值得庆幸的是,四十年后
它依旧保留着旧时的名称。
一座停留在时光中的拘留所
但却无法为我们留住四十年的光阴。
四十年了,命运
到底拘留住了什么,又放走了什么?
这些,目前依旧无法辨识。
时光如豹,纵身去了更深的峡谷。而我们
只能逆流而上,继续追寻那一段流逝的蛛丝马迹。
峡谷尽头的水库,保持着完整的平面
它依旧拥有完整的记忆。拥有
修复被一粒石子划破的水面的能力
而我们的记忆却如水中晃动的光影,模糊、动荡

注:青石峡,宁夏固原南郊的一处峡谷。峡谷内有一所拘留所。上游有青石峡水库。40年前母亲带我们姐弟曾暂居于此。

靖朔门

五百年前,城内,是满城飞絮,一池烟火。
而城门之外,是荒野。古道。铺天盖地
被称作薇菜的野豌豆苗。
五十年前,出城之后,
是高粱地。稀疏的土坯人家。
后来,城毁了。但门
还在。围困在一座敞开的大城中间
门的尴尬在于:进门,是进城。出门
也是进城。到底
怎样才能走出城门?到底怎样
才能走进一座消失了的
城池之内?
有种
保留荒野的办法是:画地为牢。然后,开一扇门
让城外的风霜不期而至
有种抵御世事变化的办法是:
煮雪烹茶
把满城风雨收缩于一盏茶杯内的波澜不惊

2015.9.1

注:靖朔门,宁夏固原古城西北角的城门。固原古城遭毁损后,因其附近时有一所监狱而得以幸存。如今,城门已被包裹在城市中间。

石门关

一个天然的隐喻:一座著名的关隘和一尊
20余米高的石佛造像
相会于同一块突兀的山岩

一个杀人如麻的将军
放下屠刀,转身
就成了佛

血迹隐于岩石。哀嚎散于风声。
只有峡谷内瘦小的流水
因为吞吃了太多的悲愤而变苦、变咸

落日:挑在刀尖上的最后一滴血
落日:佛祖身后逐渐消隐的光芒

……都在逐渐下沉、直到暮色闭合了四野
直到最后一声:"咔嚓"

让一列消失于丝绸古道上的驼队
和一匹
依旧在尘世中奔波的蚂蚁,有了共同惊惧的停顿

注:石门关,在宁夏固原黄铎堡境内,为唐宋时期著名关隘。唐与吐蕃,宋与夏常年在此交战,史不绝书。

火石寨

烧红山岩的那场骇人的大火早已熄灭
香火冷清。灰烬冰凉
佛龛中的神像,也不知去了哪里云游

现在,只有风吹着火石寨暗红的沙丘
风吹沙土也吹丝绸。
风化的岩土里有锈蚀的箭镞也有
野韭菜举起的紫色花蕾

相对真实的地理因素
我更喜欢传说中的神秘
相对冷兵器的残酷,我更愿意相信其中香艳的成分

相信有过那么一段时期
爱情
曾经大于信仰

——你看,月光下,那些浑圆的山丘
多像被诸神抚摸过的乳房
一半温热一半滚烫

注:火石寨在宁夏西吉县境内。国家地质公园,为西部中国一处罕见的丹霞地貌。景区内有扫竹岭、石城、云台山、禅佛寺石窟等众多人文景观。

云台金顶

"高处不胜寒。"
这些年,我受教于这样的训导
选择了低处的生活

而现在,云台之上
却有着意料之外的安逸和开阔

山脊如砥,寺舍俨然
栈道和钢索
构成了盘根错节的便利交通

那些无所事事
被香火豢养的肥胖、滋润的神仙
看上去
与人间官员并无二致

沿途,那些匆匆赶到的游客,
和我一样,带着
远方和低处的风尘

除了乌鸦和蝙蝠比我更早到达,他们
和我一样,历经了艰苦的攀爬
但却只能留下匆匆一瞥,重新奔赴
更低的生活

因此,在高处,

我有不平之心
直到被暗下来的暮色,填平胸中沟壑
我有被落日煮沸的怨愤
直到夜色转浓,才被清凉的月色渐次浇灭

注:云台金顶,火石寨景区内的一座山顶古建筑。

东岳山

我从少年时代一直仰望的事物。灰褐色的建筑
仿佛直接从山顶长出。
隆起的屋脊像蹲伏在暗蓝天宇里的鸟群
逼视着山下的小城
冷峻、静默。伴随准时响起的晨钟暮鼓
构成了一个乡下少年
最初的敬畏。直到
很多年后的一次登临。一切并不如
想象中神秘:青砖灰瓦,破败的庙宇以及
蒙尘的神像,与俗世中
古旧的建筑并无二致。侧面的殿堂内,
几个据说从青年时代就长居于此的道士
看上去,和山下的人们,并没有什么不同。
那些被我在山下
无端想象成的缭绕的香火。其实只是
他们日常的炊烟。而那些始终
保持沉默的神像,恰恰也因为沉默
加重了神秘的重量。
这些年,我到过更多的地方,也登临过更多的山顶
那些居住在高处的,并非都是值得尊重的神灵
相反,在生活的低处,在人间烟火内部
却有着我们不该触碰的禁忌
有我们内心真正值得敬畏的事物。

注:东岳山,位于固原城东 2.5 公里(千米)处,为原州区的一大景观,也是佛

道两家常年活动的场所。岭古称铁神岭,上有玉皇、达摩、韦陀、如来诸殿和孟公生祠。

老戏台

没有比戏台更大的人世。
方寸之间,装得下世上所有的离合悲欢
马鞭一挥,数十个朝代就过去了
水袖一甩,才子、佳人,将相王侯
转眼成了苍狗白云
唱戏的,仿佛同样经历了富贵、荣华
最后,看淡了风波。
也有些去了别的地方,去找别的戏台
继续演绎另一出悲喜。
那些看戏的,为戏里的悲欢,嬉笑或者垂泪
但抹完眼泪后,也就散了
继续躬耕于一亩二分田地。
他们不会意识到,自己也是一出戏文中的人事
现在,时间成了主角。也成了观众
被水袖扬起的灰尘,重新落到了戏台上
仿佛那些在田野上劳作的人,重新回到尘土
降下了一生的帷幕。

薄雪

一场发生在春天的落雪是否说明
这个世界上依旧有没有被寒冷填满的缝隙?

而它的薄,是否意味着它是
最后的冷?

雪落到屋檐下,人世间的苦难被压得更低。
落到屋内的酒桌上
代替一杯薄酒衡量着人情的温度

雪落进山野,一个一直沉默的人
微微抬起了苍茫的额头
它骨骼内的雪线同样在缓慢地抬升

雪落进一棵白杨树的体内
雪落到电线上
这带电的事物出现了一阵些微的颤栗

像我乡下的穷亲戚,眼神里闪过的
最后一丝寒凉

2015.2.23

古雁岭

最后一只孤雁不知在什么时候飞离。
长久以来,古雁岭被寂静统治

现在,寂静被一条公路劈开了缺口
一座城池的喧哗突然倾泻到了
两千年前的时光之上

但我还是喜欢在薄暮时分,登上岭头的高塔
去俯瞰它背面的荒凉

向上,是雁鸣擦过后,天的蓝和空
向下,是一座汉墓之上崛起的年轻城池
而它背面延伸的远方,依旧是褐色的山峦
和隐藏其中的马匹

是的,现在,一座塔
一条切开山岭的公路和一束人间灯火
构成了一个模糊而精确的三维坐标
让一个返乡的游子借以完成了对故乡前世今生的眺望:

而我自己
只是坐标上一粒滑动的黑点,一芥微尘,一只不知所终的孤雁

注:古雁岭,宁夏固原城西的一条山岭。

麻雀之歌

一粒会飞的土豆。
它的小脑袋里先天少一根筋
缺少一种
叫做记仇的东西。

与弹弓和掏鸟窝的孩子为邻。尤其是
与1958年的人间为邻
并未把他们变成仇敌
相反,靠近人间烟火,已经成为基因里
基本的生存法则。

先天的乐天派。先天的叽叽喳喳。
活着。谋食。生儿育女
它的快乐如此简单。
仿佛生活,只是从杨树梢跳到
柳树梢。

麻雀虽小,五脏俱全。它小小的身体里
究竟有没有属于自己的想法
有没有不为人知悲苦?

寄人檐下。但比起那些
穿燕尾服的芳邻,它总也学不会卖萌
也不懂得向春天,吐出呢喃的情话

这是从前乡间司空见惯的景观,如今

却不再常见。
一粒会飞的土豆,一再被驱赶
从屋檐到草垛,从草垛到郊外
再到更远的荒野。

直到多年后,我在春节前的坟场里邂逅
北风中,瑟缩的小脑袋,一小团灰影
相对人间节日的盛大
它的孤独依旧那么小,悲苦
依旧可以忽略不计。

2015.3.10

断章:有关长城的长短句

一

……现在,它能否被我想象成一条在山岭晃动的扁担?

一个习惯负重的民族,一头挑着山海关楼头的一轮落日
另一头,担着嘉峪关檐角的一弯残月

如果再从更远一点的位置打量,它只是穿行在汉装和胡服
之间的一根丝线

破绽处,是几粒风化的纽扣

嘉峪关:祁连山上的一粒无法扣紧的风雪
山海关:衣领下的一滴化不开的泪痕

二

冷兵器时代的奇迹。在今天
沦为一件装饰品

这是一个游览长城的时代。一个
似乎谁都可以把它踩在脚下,并且再踩几下脚的时代

八达岭上
一块被无数鞋底磨成镜面的地砖

映照着一张张因头轻脚重而变形的身影

三

你见过一条能在山脊上蜿蜒、奔涌的河流吗
你见过一座一万里长的
墓碑吗?

你能体会到一滴祁连山上的雪水抵达东海时的呜咽
和疼痛吗

沿途,那些流水和亡魂的身影
都变成了方形的水滴,凝固在了它夯土筑成的河床里

四

如同眼前的这一截残垣
我们看到的长城
只是它的残骸和遗址

这座由砖石、强权、雄略、血肉和白骨砌成的建筑
肯定还有
另外一种存在的形式

也许,它只是
史书上一个长长的病句
不符合语法,更不符合逻辑

只适合抒情。
沉郁、悲怆、愤怒的抒情

但它们最终,都置换成了一声苍凉的叹息

五

"北方有佳人,一笑倾人城
再笑倾人国"

事实上,如果能回到古代
我同样愿意我的女人
再次点燃一柱狼烟

我愿意为她再一次遗臭万年
面对所有的道德质问

事实上,两千多年了,有关长城最动人的描绘
依旧由以下几个词语组成:烽火、诸侯、美人、倾城

她回眸一笑的瞬间,山河摇摇欲坠
就连充血的落日也黯然失色

六

那些马蹄没有压住的
被一轮大漠的残月压住

那些青砖没有封住的
被一层褐色的苔藓封存

只有一柱狼烟,支撑着帝国边塞倾斜的天空
只有几行砖石一样

方块的汉字
固守在一个民族因溃疡出现的豁口
抵御着精神异族的入侵

七

到底该用怎样的比喻来描绘这道残损的
让我们熟视无睹的
让我们面临尴尬避而不谈却又永远无法绕开的
拙劣的、伟大的墙？

它既是一条刀疤
也是一道焊缝

它是帝国的边境
也是一首诗的边境
但同时也可能是它们的核心和起点

套用一句话：我们看到的辽阔，只是辽阔的一部分
我们看到的长城，也只是长城的一部分

八

也许，长城早就流往别处
它在另外的地方，建筑自己的领土、尊严和荣耀

它在某种境遇的最低处
建筑自己的高度

2014.8.30

《晒盐人的诗》授奖辞

当代中文诗期待着成熟。一首成熟诗作,应像一粒结晶,玲珑剔透,折射出真切的人生体验、深邃的哲理思考、精美的书写形式。它是现代的,又含蕴着传统的精髓。它是中文的,又对理解整个世界有效。获得2016年北京文艺网国际华文诗歌奖一等奖的《晒盐人的诗》,就是这样一组杰作。它们言语清晰,海流纵横,海底嶙峋。阅读它们,就像跃入海水,去品尝那无所不在又隐身无形的盐。盐,像大海的思想,令整个大海有了滋味。晒盐人这八首诗,展示出一个诗歌写作"晒盐"过程:诗句含着苦涩的美感、艰辛的亮度,陈述疼痛,却不诉诸嚎噪;经受煎熬,而提炼出诗的纯度和力度。一种沉稳的声调,从沉淀的生命中析出,正如《海燕博物馆》诗中所写:"晒盐人/交出了皮肤里的黑/而大海/析出了塔白色的骨头……曾经的沸腾冷却了/那些结晶的事物/将成为我们身体的一部分"。激情与哲思的盐粒,储存着风暴和海涛,闪耀出诗意的冷艳。"晒盐人"一词,由此与提纯同义。这些"被寒冷击打的汉字",把生存提纯为诗作,从诗作提纯出诗学。每一步深化,都经完成于"个体"之内:一个人经验生活,一种性感独自灌注,一个思考孤寂蒸晒,最终留下固体的精华。所谓"个体诗学",正是这重重追问形式的深刻的创作自觉。《晒盐人的诗》以其生命的含量、文本的纯净,跨出美丽的一步,让《诗经》的质朴、杜甫的浑厚、李商隐的精雅,在二十一世纪生生不息。同时,这粒中文之盐,也迎向更为风波诡谲的全球化大海,提醒着人生与诗须臾不可离弃的灵魂血缘,其世界性意义由此而来。当代中文诗人的成熟,正在于觅得那个属于自己的全称:"全球意义的中文诗人"。

晒盐人获奖感言

感谢各位评委错爱,把一个如此重要的奖项颁给我。两个月前的一天我从一个朋友发来的短信里获知这个消息时觉得他是在开玩笑。直到今天站在这里,我依旧觉得这是时间里的一个幻觉。

据说在法国巴黎最繁华的香榭丽舍大街上,有一块蒙马特墓地,是公墓,也是公园,印象派画家德加、音乐家柏辽兹,作家大仲马、小仲马、左拉等人葬在那里。那里同样也安葬着茶花女的原型黛莉达的一缕香魂。墓地的入口有一块牌子,上面写着:我曾经和你们一样。在墓地出口,同样有一块牌子,上面写着:你们终将和我一样。在生性浪漫的法国人看来,并不可怕。仿佛死亡、只是安详的长眠,只是从时间里来,回到时间里去。

中国人是忌讳谈墓地或者死亡的。但是,中国人又是如此敬畏时间。而博物馆就是向时间致敬的一种方式。

这几年,因为各种因缘,我有机会走进很多地方的大大小小的博物馆。我尤其难以忘记的,是在京城期间参观国家博物馆的中国历史文化精品展带给我的震撼。那么多的不同时段的展品,或朴拙或华美、或浑穆或纤巧,它们都是各个历史时期我们这个民族乃至整个人类社会文明的瑰宝,大美不言,闪耀光华。

这应该就是博物馆真正的精神所在。它为时间提供展台,也我们的记忆提供实证。更重要的,它替我们保留了那些真正经得起时光和人心检验的核心价值。

基于这样的理由。我想我应该用自己的方式,用诗歌的方式把它们记录下来。这就有了我近两年来所写的时光考古和博物馆系列的诗歌。并试图在这些诗歌中,以当下的视角探究历史风物,也用一双记忆之眼,在时光的纵深坐标里审视当下的事物。

"博物馆被挤在城市的角落,我们庞大的生活和事业,最终只占它展馆里微小的一角。"这是我很多年前参过一家博物馆后写下的句子。现在看来,它并不过时。当我们面对今天庞大的城市和纷繁的当下生活而无所适从时,参照博物馆里的展品,或许可以帮助我们从纷乱的世相里去选择自己行走的方向,完成自我价值的判断。

当然,它也为我的诗歌写作提供方向和价值判断。在国家博物馆参观时,我曾试图去聆听一件宋代汝窑瓷器开片的声音,但事实证明我是徒劳。没有一件展品会开口说话。如同一句古老的印度谚语:我们说的一切都是借用,只有沉默才是原创。

如果我对自己的诗歌写作抱有什么志向或者野心的话,那么我希望我写下的某一首诗或者某一个句子,能够通过时间的海关最终抵达博物馆,成为它展馆内一粒沉默的微尘。在我不在的时候,我存在于我写下的文字中。我存在于我的文字保存的那一部分沉默中。

最后,再次感谢各位评委老师,我宁愿相信,你们把如此重要的一个奖项颁给一个尚不成熟的诗人,更多的是出于期待。

谢谢大家!

2015 年 4 月 2 日

诗歌奖二等奖

获奖者 古 冈

古冈：诗人，祖居上海。华东师范大学出版社六点分社文学编辑。著有《古冈短诗选》、《尘世的重负——1987—2011诗选》等诗集，在《书城》等报刊发表随笔文论等。曾获诗东西-DJS诗集奖(2012)，首届上海国际诗歌节诗歌创作大赛奖(2016)，北京文艺网国际华文诗歌奖(2016)。

上海,驱巫的版图(组诗)

老城厢

抽紧的绳子,
垂下袖管。

两手清风,
脱底的盘儿
没地方盛满这世。

老街噪音大,
扫地,倒马桶。
晚清的暗探,
一路世袭,躲门后。

马车,独轮
逼仄城厢的弄道。

2007.10.18

44 弄

绕小路回家,
一飘一眨,锈井。
弯曲,不高的墙
落了块水泥,
那儿绰号闪出。

搭肩,下军棋。
空巷驱风
民女浣衣
洗头的冲水,
憋足了站公厕。

乱布线的电表,
黝黑楼底,无顶
漏的细光,
翻墙一样翻脸。

2009.10.21

老北门

一

小地方不像九州
轰然而至的祖籍,
围墙起一圈皮肤。
地址的没落已现,
诚意的朽木,可雕也。

扼腕的、顿足。
车马携我,
月桂
灯笼四肢,
拖着沪剧。

二

他们朝我请假,
半生绳梯
来不到后世,
洋泾桥上的熠熠
去了哪家戏馆子。

花园弄外族的清洁
满人、租地的洋人,
一路带来的不止

沿街的煤气灯,
像烧儒家的灯芯。

三

肇嘉浜流经城道:
小马路,旧城拆了。
旧空巷
女生作伴。

大路朝东,
归土。
谁去华界,租界
冥界。城头整夜
哄抬小刀会的粮。

2007.9.24

东正教堂

洋葱尖顶
暗蓝,涂新。
民国初
恹恹的暗空,
在它前面流
臭味的小河浜。

黑衣僧
租界偏僻处,
俄语清洁着地基,
拆了的沈家木桥。

2009.11.4

环地铁

心悸时,坐车
铁轮子灌肠。
来年总迟疑
总赶急
打着饱嗝换乘。

百年废了的
老城窟窿。

疲倦蔓延车厢,
坐、站着打瞌睡。

刚下,门合上了:
盒子环绕的铁箍。

2008.2.21

南东书店

巨大的轮盘赌,
停下,过去,转回。

上楼了绕中间货摊
变小的店铺卖文具。

那时右拐,到底外国文学柜台,
营业员转身拿书。

2009.9.21

四马路

他一人
下班的礼貌
纯粹却孤寂越烈。

四马路,暗日沿路面
笔直洒下碎石子。
快步走,怕熟人碰着
礼貌推诿,独个
蜕一层窝里的皮。

闪回大门
厅里挪动类似
浑然挤兑的虫。

缓慢,中了魔
她闪回现实大街。

暗淡的黄,混合
毒品似的谜。我们能
一直这么走,人群暗,
彤彤,像个发馊蛋黄。

2010.1.13

后视镜

不把听觉当回事
却满城噪音,
你不听的词
油腻肥耳堵了。

指甲断裂,无聊
优雅态的酸腐。
文雅烙下
满口假牙的黑话。
我见了漂的鱼
浮上水面的恶臭。

黑雨水湿了,
半干柏油路
长长刹车痕。
雨披诡异的
一片晴空。
两个交通灯
忽地飘到左前方。

商品楼、商厦
模糊的广告牌
个个路口飘风,
后视镜却向前。
夫妻争执
甜点上供了小字辈。

次日游过界河
无望地囚禁于
废气的车尾。
车向前
怕迟到阻塞
卷起的枯叶片。

2004.3.25

过肇家浜路

车过时,正好回头

马路剖肚,断续的
弯弯肠子,脚踏车
噎食断了链条。
张口是恶臭的门腔,
早市上空飘云
夹在早餐和豆浆
她标志的性别牌。

别人骑得慢

民工倦沓地骑,
裤边一口痰
轻易废掉
村里的祖辈。
他脱胎于
对襟衫,
如烟,农民画
大红平顶屋。
农事的喜,
窝挪到山外
落山处的红彤。

她转身走了。

2003.6.2

自顾自

街上喧嚷,灯光若无,
天井浸泡暗出,彩灯
边线:大光明影院。
边上 24 层
最高的楼。
月牙形轮廓,
我们坐,下颚抵咖啡。
嘴角边,他人的痛
实心的球,自个儿打着滚。

2006.4.17

天钥桥路

桥上走下,另一个他
骑摩托,两影子较劲。
清末菜市场过桥的
长辫子,长衫,摇黑布面
的扇子。欲坠的木桥
还有一个
转世看到菜篮子。

惊骇的头顶
数千恶意黑袍。
拆了,桥墩下
填平的水路
旧舢板游弋的,
一如那时,那景。

2007.4.6

胜似那时

浆搁那儿,洋泾浜
台阶上了岸,
渡船的阴天,
爷爷六岁。
飘零的
绸缎里子,及烟。

外洋泾桥的木头人。

2010.6.30

住区

天略凉,关了小区
门,铁的锁咔哒
一声:锁芯两边
碰几下的回声。
车没来,
右边到路角:
稀拉行人,
东边映得怪红,
西门面的反照。
清末小记
密密麻的弄子,
停不住的人儿。

2008.2.19

一头栽进早晨

天凉了些,
手戴进手套
僵直的手指更直。
排烟管噗噗响着,
内里慢半拍,
橡皮筋时而绷紧,
随过往碎了且白。

活着的小事儿
如逼视的真假
噩梦颓唐时。
无从握一滴光,
我没的那部分,
暗中伸缩。
起早一阵风掠过
枯叶牙状的边。

黄浦江高挂的灯,
江边码头
走在昔日的人。
关乎破衣,烂枕头
盖被子似的
覆在趋平的波纹。

2005.11.24

大道

基准线朝零,弱小
驱巫的版图。
痉挛像胃衰落
帝国之眼的漩涡。

街巷,忍着发展
通天的水泥叫嚷。
条条大道朝西,
归于零的一,好似无。

2004.6.15

晨起开的门

起床的铁架,
人亦然。
不小解,快亮的天,
纯粹一块
蓝,透亮。
扫地阿姨的扫帚,
触碰几下
车内警报器。

牙膏挤出
迟到的哀怨。
晚了
浑然不晓得
假小子混入。
个儿参差,
不解其时,
废话连
会议的渣子。

逼人的
柱子竖起,
裱一裱,年头发钱。
多和少的经济分成,
神游的人加钱。

日日走不出

肤面,骨骼的乱码。
探监的中年
来自何方?
生生聆听血脉,
终有一刻
鱼饵像耀眼的光,
门大开。

2006.8.28

出走

日日忙的同事和机关
上级的上级,吐纳像花蕾的屎。

落下或鸟儿飞过,
我不用"驶"的美意,它无损花之脆。

比之钢筋水泥,
撩他们的置放地,安抚的深睡。

起而奔走,夜是我们白日,
飞着,儿戏颠倒的事业心。

小巧官僚的
会议桌的方寸世界。

铝合金窗紧闭,
偶尔是我坐那儿。

飘的星云,点亮了骨磷,
趁我们身体的时差出走。

2008.4.11

仿古的飞禽

驱迫金融局；合流
和外币串门、搭卖。
以掘地的毅力
倒卖废弃纸币。

要么被利率左右，
环顾大马路，洋人车马。
出生像豁达的气泡，
弥留、倒塌的屋子。
朽木的块状
支撑片片瓦、砾。

落鳞片，皮上的屑。
仿今夕
日落的泪珠子。
眼汪汪，螺纹的
结没解开，
饿在温柔田野
环视空中零部件。

星空废机芯，
人间骨盆的机油渣。
罐子里闷的
万物非冰点
而绝地逢生。
三尺高一点，

氧气的输卵管撬我们的皮。
肺窒息和虐待自以为
飞蓬在翅膀上结了锈。

2007.10.31

废话的迹象

小心,我变老的迹象,
一会儿一道纹,
节庆的泥巴刻痕。
他们分门
皆是人类一支
骨骼排列的幻影:
祖先的衣钵
气泡模样的,
末了仍是我。
没完没了的活,
家庭的滋养,
苗独自生长。
光停留之处
虚妄的罂粟。
准时、别迟到,
上级的笑脸,
他们皮肤驰骋,
像个哑言的小丑。
裹着混迹的事业,
风像风的隙缝
轻微地抚过。

2006.3.13

分析的秘密

人是技术载体
一眨眼,分泌
诗化的脑图。
绝境不过是
胃的加速度,
沿通道滑翔。

对此,语音
缭绕的声波
仪器上成了
正义的波纹。
机体隐秘措辞
可窃听的天籁。

击垮我们松散
词的发辫,嚼舌
图像被捕获。
可辨识的
我们变形的四肢
来年的借据,瘫痪了。

2002.11.19

假寐

飘雪了,老地方尚在,
路面修过,汽车开人行
无法避让的道。
捂雪,零星的落,
棉花撕碎的片儿。

一年,百年就过了。
二年,不老的人没了影儿。
三年,年数的绛紫。

堆扎那儿,
公用沐浴,让岗位尖声
叫喊着而起,
捆声音的舌苔尖。

我就是他人
新郎官那儿
穿公众衣裳,
千篇口哨声,
我的憎恶一个样。

我的窒息换了钱币包裹,
我无耻地应付、穿围巾
戴帽的上级:嘿:撕开吧。
他们除了腔骨假的核,

被逼近的凸出的骸身。

2008.1.17

今早，或今世

醒来看窗，天阴，
不落雨，温度低七八度。

温存的东西咯噔，
善意在它嘴边。

飞走几个叽喳的鸟，
集体地俯视，自在啄食。

罩在笼中的机关，
我们打湿了翅膀。

明朝是周日，下雨，
一天天捱的种族链。

泡杯茶，窗外高架，
淡汁云絮，露白光。

想着扮演和即将
抽搐的肌肉，脸儿诡秘的笑。

一会儿我就站起，
低斜掠过这阴空。

2009.3.13

进取心

他一旦从内部睡过了头,感冒或迟到,
转身仰卧其上,竹席的凉爽,毕竟隔层皮。
他们以皮肉感受温度、气概,
生死攸关的工资阀门。去人事的里屋开启
头儿谆谆教导的怪态,
那一时的陈词。我不说腐烂嘴皮
至天边他们也是卸了皮的职务。
认同普世的某个道理纽扣,流光闪烁一刻。
小官吏脸上写满整世
文凭及马屁调味品。憨厚的城府
着眼未来的爬坡,他倚老的高度:
你们都很年轻,要有事业心啊!
(二十年前一个副科长
他振振有词说了一大通,
且点上一根香烟,发黄的手指头,
他稍嫌笨拙的道理,嘴皮子上干枯)
他们打开一张报纸,
干瘪瘪的进取心,爬虫总咬身后尾巴。
他们晋级的庞大理想不容吱吱发响,
烂布头拆下一堆雄心。人们绞痛之余
模拟他们的身躯:邻舍民俗的,或游街的蛀虫招牌。

2006.4.12

考勤

耳旁风、请假
空缺的人留名。
胖科长把胳膊
搁在人事窗台。
自行车经过,
公司班车开走。
她突发脑溢血,
老公年内
娶了一个。

等考勤
把一天勾销
退休的
陷进风中:
蛀牙腻味
爬回牙床。
蛆的纸币
领口饭钱,
上司口腔
喷的唾沫。
圈内规则:
撤掉每根骨头,
老了,再撤走腰。

2002.9.9

来自审判的早上

晨空中,步行的街,
公共大巴尾气
突突地冒黑烟。
车驶过,余烟如扭曲
逃窜的蛇。
四散的雾气,
红灯一亮,脚踏车吱地
列在横道线。
前轮越出了
白线,交警的
底线
斜睨的余光。

拎起嗓门
公理的制服套
条规的大头钉。
大街
和里巷补满
瘪了气的轮胎。

瘀积于闷热,吊床
喉口,某个机关算尽
沙哑地爬上官位。
迂腐的街巷肠子,
内部的恶浪
三分之一露白。

她晚期的恶寒,
麻木减轻分量。

一城,一座无名
云端一隅,
来自何方公判。
旋而我们上苍,
高叫公理缝衣,
楚楚的破衣衫。

2004.7.8

老套路

皮和肉的迸裂
身心从里面
不受血网束缚。
光景会烂的,
工龄滴答响。

手中的笔、工资袋
这店儿,
忽而变小
变没了的我。

光荣退休,一排
锣鼓鱼贯而了结。

2009.9.8

冷暖

出地铁站,潮湿、带棕榈
散淡的南方味。热的毛孔。

遇着冷的街气,
打烊店铺铐的环形锁。

上班不是自己的身,
莫名、厌倦的套话。

钱和糊口,
使得休假成了自欺。

割了脐带的痛,
绕紧儒家的器官。

2009.1.14

美的疤痕

每天坐着,不迟到
早退;光阴搓的线
一环扣一环,
勒住刀锋似的脖子
更锋利的绳子。

着重于诗,工艺学的美
一层楼的气泡,
站在无边球面
半宿命的游移。

机械齿轮
能逃哪里?
红火球照转
榨干和发芽
腿生长、发育。

就算我们走遍
踏遍自身泥潭。
球面的周长,
左肺长出爪子。
整张货币王国
长满汇率的眼,
现时的一块疤痕。

2003.8.11

偏头痛

头痛,四方局限
脑神经密布,水乡泛恶心。

穿梭的针
勾起了泥浆。

要逃,脑壳大小,
正是方圆的羁绊。

我穿紧身的思想,启蒙新政;
我吃污浊空气,推波换朝代。

钱反过来捆我,上班的猪被惯养。
升职的禁闭一团人形的灰。

制服的中山装,商业却翻时尚
创意裹易朽的,骨骸和烂肉块。

人是天下的灰,
痛是不痛的天堑。

2008.5.6

日子朝东

四月种子种下,发芽及子孙们,
因喘气功夫,平衡表不平。
他们把遗忘的尺横竖摆平,
日历中一朵花:铁制的莲花瓣。

眼下人际、上班的焦虑
闷堵每一个角落,叫你朝东
你就是机构的锈钉子、劣迹,
是一叠文件纸,A4 的皱褶。
一种无前例的银币
潮汐落下及海域上,
我们空旷的忌讳。

谁会没边儿?
没事找事的,游丝上吊篮,
起重机呵机械臂,起吊的海港童年:
黑漆漆银幕,
伸手,五指渗出的水。
我们流矢在尖头,
无话,尖叫奔跑,
座位速衰老。

谁会责怪
恐怖的黑暗码表,黑之
妖艳的陷入欲望。
电脑沿途的风土关机,

虚拟鼠标右键
认同的祖先,像个杜撰
忽地光标一闪,谁在那?

2006.4.3

软刀子

一旦入睡，
醒来的大道，
阵雨轰响，
椅子摇。铁饭碗
铁牢笼，体内作息。
皮及肉的黏连，
电话线像血管
连了娘胎脐带。

婚姻找一屋子存折，
狂喜的席梦思，却得了
厌倦的骨质增生。

枪炮的春天，淋漓
刀子雨，
隐喻的呓语
平衡人类的计谋。
嗓子反光
落入官腔的血刃。

2006.4.4

社区潜规则

冒出个岗位,
买换肾的运道
买公司氏族全部的缺席。
养老金,有保障的生
不如乳汁干了。
味蕾不见得实惠,
饮食的结,
臂弯子里安睡的婴儿。

树枯脸皮皱,
停泊的刹车。
蹊跷的跷跷板,
半筐子喜悦
流于缝道间。
雄辩在上一晃,
八个苦衷的柿子
声调的中学。

小学更痴,
玻璃弹子球,野性的
界河斑驳,船在上面走。
空前只是一借口,
半辈子不懂
不明晓的道德棋盘:
谱中有谱,人人自危,
停水了停气,社区

冲着它的鄙薄。

2006.3.30

循规

往日过滤的网,
顺着漂。
舒适的
轻微的方向,
气味隐秘处。

身体,别人的圆规
造就它,喂食和划一。
顺惯性至
骇然不顾迟早
没了球的操场。

多年进化,
机关禽兽,表面
征服的作息表。
被虚伪调走五脏六腑,
被气候,朝代被自己吞噬。

2008.9.5

一上班，我就去找

我晓得虚空、不得已
考勤卡，一条算一个
余生，领导
不迟到，但早退了，
不再有人事的污点。

每天你要劈头，
沿线的假设全是，没假设。

我从旁领取
巩固的枷锁联盟。
要是没了遗迹，
你去哪儿找？
找一个梦出头的地方，
人烟渐稀的无头苍蝇。

2009.6.23

异化的大脑

公事算什么辽阔,
抑制的马达
换下人类的脚。
站着,一滴油
滑到工业谷底。
扇子,成排
写字楼窗子,白领的
空调身段,
思想逻辑的算盘珠。

利润的润滑剂,
腰部钩上人事链条。
公司一脚在社会
大张救济的网。
(他们收缴的肉体棋盘)
清算它的势利围墙,
辞工单,上面有全部的法。

传不出厂长室
宽敞的打蜡地板。
监工舞着上司的诏令,
监视的眼,看你五脏
运行的大脑浓度,
管道外输送车马。

2003.8.20

职代会

我直想躲。公司的两耳
你不缺？员工畅通
倒卖文化的皱皮。
内脏的酸腐气
一把揪出献媚者。

上下一般
软塌塌举手，投票。
翻计分牌，公司像小家？
无不用利润刮宫。
职位如空穴，聚今世之财。

你代表谁的皮？摇臂
红选票，假话伴口腔，
塞满千篇的眼角。
脏手达成决议，我不吃
饭勺撬嘴，鼓涨满身的肉。

当世的造钱牌坊，
无处可去，一把一个空梦呓。

2004.2.19

真不在乎

制度化兔子,允许上
机械发条,6点半醒。

啄米的铁壳鸡,
细铁皮脚趾,抖着乱走。

列车在天上
睡的云朵里。
谜团掖着,像魔术
一把抽出年轮发丝。

不在乎
尘世皆数百年
锈浊的文物苍穹。

变丑、骇人的事儿一样
鸟儿衔片,轻的薄天空。

2010.1.18

综合症

三十年工龄,
覆盖他半身
革命和国家的稻草都在。
年轮明摆着
直到碎骨头。

周一综合症,
退休前后
一样,迟钝的
每日将灭的日光。

肺种植必要的种子,
年纪大和老了,
启蒙骨骼,不甘并松脆。

2009.9.7

卡夫卡的脆纸片

卡夫卡翻开账本,
电风扇叶片,
迎墙头草,倒影的身躯。
他隐于同事风雨
零碎,职务上欠款。
双排扣
合影的严峻流光
大而炯炯有着神。

神谕的一支羽毛笔,
夜两三点的幕,
天刹住,须趁亮
之前扮好装。
父系的机器声,
开动的黎明,大工业
成就这摊子事:
退婚的解放,
血脉的下限淤堵。

名人不出他们
内在的海,
焚烧文稿,
已具神往之地。
旭辉的班头照常,
公事升虚火。
上级的坟头草

临乡鸟瞰，
鸟落屋梁滴着水。

2006.6

城的一头

"雪,落满一城"
散文和古建筑林立。
我们不相干
窒息于邻里,
外端眼见为实。

惶恐于米粒似的蜚语
桥头推的人力车。

十年一晃,
惯性,我坐地铁,
贯穿地下一闪,
褊狭地揿短信。

2009.6.30

背面的美

一宿能睡几夜
混着法子逃。

隔日打卡,统一脸庞
开几天便谢了,
或纠结他
一件小摆设。

紫色的厌恶
尾气着火了,
铁皮小乌龟壳的轮子。

如旧市容日渐划一,
绕心脏薄膜,怪异地斜伸。

热树林,叶落
隔层围墙,铁丝网。

僧侣们踱步,
那时的爷爷
现在和当下,
事物的瞳仁,
晶莹的流光。

太俗美,挡住了背面

作假的美育学校。

2004.3.16

晨,并非一个梦

老房子拆了,数砖头?
一如生有所终,
一会儿工夫,简直一晃。
八几年的机场玻璃门,
他立在那时,
立着,等一架
不会来的机头。
何处的桥,合拢身后
轻云浮上。

迟早必醒,
身在何地
变无的床惊噩:
游弋而走了。

2006.3.21

初春

市政的阴沟，
这城的阴霾。
这脚下的鞋水洼里蹚，
这早起潮湿，
气压人头。
这初春响雷，
猫咪似弓着背
窜了过去。
铁丝的围栏
斜上方一跃，
这地域的海骇然：
晨起，妻喃喃
窗下桃花开了。
这蒙阴背面仍以
凉的，虚景为生。

2008.4.9

邻里

其一

灶台朝外,里朝着灯,
那时,不久递来的
今儿仍亮着。

操起油烟味,排气管,
从烟中散了的,脑子
晃着阿婆的碎嘴。

其二

有一年装修,坐小板凳
领受邻里检阅。
她那时
那夕,黄暗的天日,
恍然中构想
相关的聊天
进愈暗的内屋。

出入烟花,传闻
绕她旧时,得体衣着。
一年之晨,
(老"克勒"
瘸腿,斜挂一根

左右逢源的拐棍）
夫人对窗吆喝，
老"克勒"风衣
弯下妥协的腰。
骨子踱步，
心中那盏
枯竭的冷冻品。
不就哪一场雪，
楼屋落了一层。

2006.8.1

旧灶间

一窝粥
焦糊味。
黑灰一层
围兜甩两下,挤着做,
胖了一圈,烟熏余年。

锅碗胡乱一排
黑漆漆旧煤灶,
积垢黑的焦油。
此时,灯灭
她脸儿,微光一闪。

灯芯乱窜,亮了
嘎吱,木梯脆裂。

搬家的,拆迁。或搬到
城郊结合部。

皮鞋后跟,噔噔长层毛,
轻风一吹,松开的黏土。

2004.8.2

地下商铺

契机未落
回旋的耳边,
几个噪音
轮番的空中
陌生但好奇。
升温的街巷,
燥而甜
冒黑烟的尾气,
停一会儿散去。

地下通道,小商铺
两边累赘的样品。
女式鞋,时髦尖头
图钉打桩的细鞋根,
尾随看不见的
监视者。
潜伏,无形
有序的背心;
他不在,无处
不显现,或他
替代眼珠的笑。

购物,添衰老
膨胀的赌注:
攒更多本钱。
穿堂风,阵痛的

叠加的倩影。
像她又不是她
归于同一的脸:
归于枝头
喇叭声歪叫,一长溜
穿梭的路人,及晃影
全在蒸发。

2004.4.2

飞翔

空中显出静。

日头在上
云不动,他骑车
揿铃,左右摇摆。
红灯冷飕飕
停那儿,空中
透明的
在扩大。
词火烧着
御寒的冬装。

相继停
一排自行车。
不相干的
迟疑
已悄然
涌出,停了。

越过去
以往的车流
到各地张望。
灯大亮,交通
十字路口摊牌:
亲戚旧友围拢
看你

背后,什么都在
却没了,松开手掌
天使呵气。他站在

斜面,小时候飞起。

2002.11.18

勾掉一个人名,一生的事

过去植入了
房卡户名。
旧同事瘦了脸
两肋挤出苦汁。
淮海路旧损公寓,
同事习惯它的错乱打扮。

天热,人们做账
一记阴谋的耳光
扇到小金库底部。
严查的呓语,
如今连身体空了,
找不着辩解的雌黄。

一年春,像没人
没事会发生。
枝头开嫩叶
绿地飘香。
丈夫给她销号
房子留给儿子前程。
她成了轶事,
家史的谈资和借口。

不见得总要哭、笑。
一脚迈到遗像,
生活在两头

打了个现实的喷嚏。

2003.4.16

苟且

杨兄,多年前画像,
万航渡路的弄堂。
谁料到,他从航道
落下时的惊惧
俯在他的空难。

他说我瘦了,
检查过没儿。
胃不好,
"别太紧张,不就是
钱吗?"
仍偏胖,他走了。

头儿迎面几乎是度日,
集体带着骗局的蜜饯。
生活下岗的空难最大,
被撕扯的事业,
假惺惺守着散光的碎骨。

2009.7.8

海妖的歌

话外的含义，猜测狡诈
挂雀斑脸，与放荡的笑
缠绵的
不规则糖块，
横在当中。做秀般举止
不会有确切
真实的场景：
他把右手
搭她肩头？一边唱，
流行的调胃里作梗，
水果，金属话筒搁
玻璃板。
冷街头，车子一辆接
一辆，舔金属的屁股。
尾气叫出了环保小姐
黄的，更黄。
直到一声尖叫
从教育的胸腔
不成调地升上去。
山区更野
祖先们踏夜的山岗，
走到城里泥泞的脚。
轮子：皮卡车
胸部广场，脚手架
高架桥，眼前的歌
放肆的眼力

刺穿女人娇嫩的皮。
什么在当时,说着
脸也笑开了,贴着。
存在变成
猜忌的空白点,
真是假的额外奖励。
看星星在布景
叵测的路灯,站着
听海妖的歌飘过来。

2003.3.19

黑夜行

1.

想想一惊,整五年,
五个年头的扬尘。
分秒聚一个盆,
漏斗,清洁的哑女。

2.

尾巴的狡诈
顺势而入瓮。
妥协钉钉子,
复写纸翘起、传真打卷,
瘦猴子蹦跳
本身的核桃仁。

3.

领头羊跑前,
工资分两半,弱心声
窗前望不到的底。

4.

中巴拐进加油站,

我们停歇,小解。
夜的东家:窗前月儿
裸露的砖,缝眼望出
夜凉的压痕。

打结的,跑路,
星际的鳞片
之间,之后,
谈笑,脸盘,妒忌和情。
纠葛在高速敞亮。

灯下
话老了,褶皱的细道。

5.

层出在不归处,
斜眼望见夕阳。
炊烟高密,一下牵上
沿边城堤,静的行道。

2006.5.19

居所

天气,小区围墙
栏杆。一个日晨,
万物光洁,瓷砖
落地玻璃,客厅的纬度
圈起我们地界
陷入的
一个套。
时价与市中心,
不同格子的预制板。
不同年龄段,哀苦
蹊跷的出口。
洞口大开,来者飞速。

全涨价了。

砖砌的
长城外。眼球在
大漠之巅的幻觉。
患得患失的身外,
人的一截,一块
速朽的滞留。

身后榨干
围堵的阴影,
小弄堂吆喝的西北风。

格子笼居所,绿荫伸出

北面之北。
一方耸立
矮小孩的碑林,呆立。
风动,海的绸丝缎,
线头处几艘
小舢板:听
空中袅绕
便是无限
成双的情欲。
无从来,无从去,
自身回到的天井。

辽阔的酒精度
站在全部高度:
石笋般高楼,
城头高挂,
空中连痕
安谧地卷曲。
肉食标记
坠入来去,
我们睡的、吃的
牙关的木材声,
装修、装修,撑的杆子。
钉子出格,内脏翻转,
外貌的宇宙在内,
来和去的
道上,飞蚊在游弋
一长串气泡的居所。

2004.5.24

裂变

城区高温,晴。
夏日最长
最热的一天,
最高和最低。

浑然中的暑。

鞋是透底的风,
皮肤外套脱了,
器官肋骨挡着。
趁势的拿破仑,秦王
一鼓作气颠倒了。

天还是天,烂了的云。

2009.6.22

翻版

路对面
遇上她,长瘦的脸。
静静的雨
溅起水珠的出租车。
很细的噪音
渐而远去。
三十个年头
中学刚毕业,
前进英文补习班
一同下课,
她进襄阳路弄堂。
暗想我们说不定
交换语法的时态。
后头碰到过,
大约已成家。
拎着菜,她大清早
跟今早一样
去北边菜市场。
有一次她带着
女儿,翻版的模子。

2008.12.24

千年

吉普凌空越过
建筑的钢丝绳,
乌压压一片
鲜活的人头。
五六岁女孩
骑在父亲头上
两腿晃悠悠摆动:

千年前沪渎
会向史料眨眼?
新千年的市民
涌到柏油路
狂欢拉长真相,
商业滋长空气
满溢的鱼腥味。

换一身朝代旗袍
衣锦还至人类故乡。
端坐,礼貌像氧气
金子在吐沫。
他们虚拟墙壁,
费解的性别如黑非洲图腾
轻易穿过
胸口稀薄的门。
兜圈子
找昔日感官

做成空气的柄。

轻得更轻
分量的五官解散。
必要的护身符,
他们绝非我们能想到的
文字和美的烟云。

2003.8.18

逃之夭夭

鸟在天上
扑腾着翅膀，
照飞和觅食
家族的基因。

地上的人，
林中的鸟。

地铁，烟雾
锁骨处不留痕。

钱财和木材榫头
空中的皮肤出不来。

2008.7.21

胸口广场

文字割了物质舌头,舔了舔
腥味的广场盐碱地,清晨的味儿。

家中一人,看似树影袅袅
孵出的宇宙:像扁平蛋饼。

迈出,一步一个
单腿赛跑。长短任天涯。

空旷抓一把空气的灰,
爬出浑身胆颤的云雾。

掌纹的轨道通到底,
木偶紧扯红日头。

翻滚,寒气的榫头。

2010.1.21

雨中滞留

雨打天棚。
静下来
一夜过后
轻盈飘起。
疾病充盈
腐烂的街巷,灰
花朵状,有过的
一瞬,足以伫立
身体的侧边。

忽远
忽近的眉头
绊脚石
散开了。异性
心的斜坡,
一簇紊乱的雨
掉头许下的箭。

天会晴,
伸出年龄的判断,
该懂的自然出落
娴熟的妇人。
远处在那儿,
洋话编外的祖国。
说半生的上海话,
雨,雪粒子,她

在眼袋中睡过去。

2002.11.20

中风的邻居

每次见他拐着,一脚
抬起,另一只
像拉沉甸的水泥袋
缓慢往上提。咕哝
没人听懂的话,溢出嘴角
边上的唾沫星儿。

呼啸来了救护车,
魂儿的驿道过窗户。
中风的心理,
正近冬至,收人的节气。

我们住即逝的驿站,
道口的发丝飘香,
暂时,变异的美。
没别的什么星辰
悬在屋顶。

2009.12.23

体检

医学盛会,欣赏老褶皱。
染发露出白发根,虚胖
不伏贴地竖起头发。
一长溜队伍,抽血,拍片。
变老的同事,
照出有一天,没你
升起的日头。
忙于应酬,打发
恰如你今日所为:
仪器能测出多少
纸币的贴金大厦。

坐我旁边,
每天自语,体内的他
一起仰天大笑。
他摸到开关,
不朽的脑中镜像。
狡辩,对答,质询,
开玩笑,掩饰不了
悬挂的诡秘,
找到门后之门。
词,矫正发音
说出却不得其解
当代玄学的哑语。

医学不同科,同属

标本的解剖图。
体检被榨干的眼神
反戈成类人的自嘲。
什么不是细胞
繁殖的退休绝症。

一个反面显象
接近生存道德
老和小的抓阄概率。
你的牌,几乎是零。

2003.9.27

将老

世界的雨忽然下了,
晨昏,到处亮
橘黄色路灯。
晚景模型:
瘦小路人,雨点
暗中错乱的道德
罩着底线的面罩。

看不清谁是谁
面容的真相。
大染缸
翌日将散
各奔东西的残羹。
安静后冷寂
滞后的一呵欠。

长方格地砖,
闲散的夏日巷子。
爷爷撑拐杖,
全部惊惧
被体重压弯。
孩儿长大
老了的咎由的道。

2005.10.28

回头

一过四十岁,
后面站个假小子
掏空的
住所里,
当代的机械是真的
悬空家具。旧袖口
从躯壳
到脑子一起放假。
于是,年龄成灾
荒野中遍地眼珠。

2002.10.17

快乐

"又是一天!"
尾调中带欢喜
惯性的美。

盘踞心里
自认为的居所,
我住着丢失的那部分。

清光照词尾,
像团暖意,
像白痴无谓的快乐。

合掌吹不灭的灯芯。

2009.2.18

美的空房间

剩一小时,一天,几十年
总有尽头不倦地候着。
春眠不觉诡异
消失的不会变空,
在那不在的周围。
攒动的人头没你
空中乱窜,掠过你
无的本来面目。
千年一下子,
人间一立方米,无从
寻到你的体温,
一瓣瓣的情欲之花。
比来时更空,更多的纠缠
剩一秒钟,一样的美学包间。

2003.5.15

城中城

1.

超然的虫,爬不出
二维的有限。
在上,看它的腿
细小跨出,形而上
一步。一格朝下
建筑的空楼板
一层一个台面,
这层,迈不出
更高的顶。

工人们头盔游动
楼梯,光秃秃水泥
弧度,一批批向上
交叉而过
井然的节奏。
催眠:巨大的搅拌机
青春阁楼游移的
太阳。面向
笼盖刺进来的光
天生地扬起
后世的尘埃。

2.

蜜蜂的窝更像
城中之城
未完的志向。
平白无故地来,
生下就在
两层夹缝,
钻开的洞
仰望,映照
我们自身的衰败。
我们一尘不染的
光洁地处事,镜框
我们眺望,从此处
只是一层的未来。

一样的现世品格
挪下腿,所到之处
洋溢种子的现世。
蚂蚁王国,一层另
一层,成为仅有的
救赎之路,封上了
预制板的顶。

3.

众生的合唱团
聚集,各楼层
不同拐角,声音不断

启发着肺,起伏的吞吐
吸纳空中的德性。
队列整齐的
国民,表情划一
一起走,到一个
楼层顶头,产下直系的卵。
姓氏的头颅领着他们
回头来找寻根的一层。

一群建筑工
踏入另一层
理论的浇灌,没什么
蹊跷。打滑的工具
手心握着星星。
一天,天空
唯一一天:
黑夜比白天亮,穹顶的
天花板打开了
城中之城,每个站着的
成为所有,伫立的一层。

2003.3.18

古冈组诗《上海,驱巫的版图》授奖辞

古冈的组诗《上海,驱巫的版图》对1980年代以来城市诗的发展作了进一步拓展,不仅描绘出大城市之外的另一个上海——它的环境色调更暗淡,生存样态更市井——也在书写的层面上创造出一种诗学上的逼仄和枯涩风格。古冈笔下的诗歌场景游走于现实与超现实之间,既出人意表又一针见血,在都市上海的现代性中拼贴和揭示出前现代和后现代的种种真实和幻影。但古冈的批判视角并没有站在历史的制高点建构起一个至上的抒情主体,而是始终置身于草根与边缘的层面上,并以一种创伤性的言辞模式艰难地发声。在貌似平淡却又饱含奇崛的言语实践中,古冈精妙地呼应了生活经验的扭曲和怪诞,惊人地铺展出当代时空的独特视景。

古冈获奖感言

首先衷心地感谢评委们授予我这个荣誉,也感谢在座的许多朋友的鼓励和支持,没有他们我就会跟这个奖项失之交臂。

我一直生活在上海的一栋老房子里,那是爷爷奶奶留下的旧屋。他们在一百零五年以前,即1911年来到了上海,最初住在孟纳拉路,就是现在的延安中路。那时的房子现在已经变成了高架桥的地基。这么多年,我每天早晨上班,出门看到川流不息的铁皮汽车好似河流的波浪,马路上低头不语的上班族好似漫山遍野的野草,弄堂和街道组成了我的水泥故乡。我几乎很少出远门,每天我"流亡"的尽头就是写字楼里的鸽子笼。

三十多年前,我把自己的"胡"姓去掉了"月"字偏旁,变成了后来的笔名古冈。因为从一开始我就抵御风花雪月的浪漫主义风格,在现代主义的影响下,我又作了许多风格上的摸索,写了千余首诗,但很少拿出来,似乎想锻炼一种能处理不同材质和情境的能力,同时也想象着写那种普世的形而上诗歌,所谓世界诗歌的臆想。"五四"新诗以降,尤其七八十年代诗歌新启蒙以来,多少才俊深信不疑地做着类似的建设。直到有一天,当下的全球化缠绕着我们醒来,何谓传统和现代?不应回避的中西以及古今问题意识,成了绕不开的语言的异质,空洞的美学修辞和诗意上的政治正确都无济于事。

我回到了本土的变迁和自身的焦虑。这次获奖的组诗《上海,驱巫的版图》,便是秉着这个主题先找到一个历史概貌和地理玄秘的结合点,时而从我祖辈的清末眼光打量周遭与洋人的冲突以及河道被填平的现代化进程;时而是感伤的个人流变和非个人化诗歌铁律之间的博弈,身体的传感和理念的对峙悬空了。关键是,词和句法的破碎不一定代表启蒙后的破碎,反之更不尽然,我们如何应对所谓自然和陡峭断裂的诗句?形式和内容的两分法可以分开谈，但不能分开理解。我们写的是当代诗，我经常告诫自己，神圣和高贵永远不要轻易地超越本土和自身的历史语境，否则它在诗学和肉身的层面上很难伫立。

谢谢大家！

2016 年 12 月 13 日

诗歌奖二等奖

获奖者　西衙口

西衙口：本名袁树雁，新浪博客"宛西衙内"。男。出生于60年代。中石化作协会员。中国作家协会会员。在《汉诗》、《诗刊》、《星星》、《扬子江》、《诗潮》、《中国诗歌》、《河南诗人》等杂志发表诗歌、及评论。出版诗集《五重塔》（合著）。北京文艺网华语国际诗歌大赛二等奖，获奖作品见《北京文艺网第三届国际华文诗歌奖获奖作品集》。"李商隐杯"诗歌大赛三等奖。

大海，像生铁一样咆哮

林 冲

燃烧的水。
想杀人的时候大雪就落了下来。
"大风雪用最短的时间走遍了天下的路"。
落雪不冷。
麦盖三床被。
多漂亮的江山，怎么也值得一副脚镣。

妥协

猪肉在架子上坐不住
一脚跳下来
分开人群朝外走
想起另外一块还没有解放
他又掉过头来
重新回到钩上

旗帜

冲在最前头的,
或许并非那些不要命的刀客。
还有竹竿棍儿,
比竹竿棍儿更轻的意志,已经在那儿有了动摇。

马颊河

炊烟起来,和家乡的记忆竟无二致。
太阳不低了,我还在河边走着。
不少栾树的幼苗,藏在草蓬中。
栾树的种子容易发芽,长得却不快。
风吹草动,这些小家伙一时忘了饭点。
有时候,哪个厉害角色故意把头埋起来,不出一声。
母亲在玉米林外喊着,慢慢地焦急起来。
白鹭一只接一只地落在河滩上。

遗址

我还在坡上用力,
是真实的。月光,
影子的影子。
掉落土崖的运粮车,
是不真实的。
母亲是不真实的,
母亲在崖子下面哭泣。
黑暗的东西都是非真实的。
黑暗是火,
它烧制了东山,
也烧制了半坡兽面纹彩陶盆。

顿悟

越过了一个冬季,
房檐上的鮰鱼,忽然有了新的波澜。
原来大海,
也是可以挂起来的。

油菜花

能辜负的事物,都值得一再辜负,
我有充耳不闻的天赋。
这么多的小女子,齐声唤我,
我的幸福六条腿,翅膀透明。
一朵花就是一座天堂,
不懂得挥霍的人就不知道阳光有多碎。

蝴蝶

我以为天空不会碎,
我以为碎片会很大,
我以为琐屑不能飞,
我以为飞走的还能回来。

大平原

我在一棵豌豆中安享天年,
夏日辽阔,澄明一片。
轻贱者身在草莽,
天空中熠耀的总是少数。
蛙鸣如雨,
流水绕道过来看我。
为了和我站在一起,
黄河进入一株燕麦。

敕勒川

再次见到阏氏的时候,
她已经叫桃花了。
脚下的一头头青石都安静地卧着,
过两天就是三月了,她幽幽地说。
我说,两天如何,
你看风从来没有吹低什么。
我想抓她的手,
一伸胳膊摸到了铜槊。
我急忙起身向山下找,
果园的人问,你找哪枝?

山水谣

不可能是男的,同时又是女的,
我现在还没有调门。
一条舟里,
我不能同时是两个人。

远山,雾凇,
我人性平淡,一点碧绿都谈不上。
不是淹漾的打鱼人,
我是一首渔歌,正在归位。

亥猪

关于世界的性别,
我已经有了很胖的结论。
没有蚯蚓和飞鸟的思想,
我依然在泥地里打滚。
斗争过别人,
也被别人斗争。
不把卑微的生活过完,
我就不配谈论屈辱。

丑牛

吃了饭牛说该犁地了,
——你长肉吧。
喝罢茶牛说该套车了,
——你长肉吧。
抽完烟牛说该拉磨了,
——你长肉吧。
有一天这根筋不再欶疚,
它有了长肉的心就像有了杀心。

迟到

在我的葬礼上,我是唯一迟到的人,
在你们念完声明以后我再就位。

在你们烧完以后我再就位,
我值得再烧一遍。

在埋完土以后我再就位,
我需要一个向下凹的坟头。

我需要一条战线。不体罚,
我们熬鹰,游街,辩论,学狗叫,戴帽子。

一个败北的人,他有资格原谅自己,
但我们不能原谅历史。

让我迟到一会儿,让你们的爱提前,
让我们原地踏步,让我们做广播体操。

麦城

温润的荆州,
是大雪在攻城略地。其时,
远在北方的洛阳正在起着宏大的关林。
义兄随雪送去了脑袋,
然后起身,单刀赴会。
沮水凉,义兄一顶帽子盖了一切。
市人辏集,
市人是知道偃月刀的。

芦苇

没有根须,也能站立,
没有泥土也能站立。

那一河沙沙的声音,
就是芦苇不能容忍的幸福。

有一刻我看见揪紧肌肤的荻花,
她用结实的苇膜,在风中站了一会儿。

顺河路

阴凉,比石板还重。
正午时候,静寂无人。
蝴蝶远不是全天候的爱情。
翅膀碰上了,就简陋地飞上一阵。
更多的时候只是不安地等在水面之上,鳞翅落后。
木叶青青,阳光一直没有下水,碍于蝉声。

关帝

到河北去。
死亡紧追不放,
像蹄铁,
像嫂子,
像酒酿,
像金子,
像丞相,
像汉廷。
过五关斩六将,
到河北去。

供奉的馒头要大,
要头遍面。

风的秘密

不肯和解,
蝙蝠的天赋。

她用最细的爪子,
把你挂在房檐下。

如果你不晃,
世界绝对不会晃。

我的阿富汗

种罂粟,当地主,
杀人,养蛐蛐,
娶五个老婆,一起挨饿。

闪电

毡房外面,我和巴特尔谈起长调,
夜晚忧郁,如芬芳的奶茶。
草叶的轻快是羚羊的,
青稞的浑圆是松鸡的,
那峻岭的悠远给了土狼。
他留给野马的仅仅是一条曲折的裂隙,
这裂隙,是天空的裂隙。

雪野

乌鸦把天山叫走,像一颗
会飞的脑袋。河流做你的衣襟。
在风中,高原严密。桦树林
消失在掐腰的地方。"裁剪雪
把它缝在一起"。一位滑雪姑娘
从峰峦飞下,像根手头,落入了扣眼。

下班路上

楼房挺立,芭蕉低回。
小孩被家长接住,家长被汽车载走。
"我剩下的部分,松如野径"。
夕阳斜得厉害。
"如此来到人生的高处",
有些树枝,是在底层而被照亮的。

忆重庆

迷雾不是我设的,大江不是我开的,
重庆两年,巴适的话从何说起?
山东山西,不过睡了两年觉,
重庆两年,谈不上什么真心实意。
城池不是我修的,陪都不是我建的,
重庆两年,我对国是不置一词。

在海船上

海上生明月。
汽笛是琴声的一部分,
就像腥恶,是波涛的一个重音。
它满足航灯,
也满足风暴。
创造者,拥有者,
大海,我请求过它,
它几乎就是两个女人拼抢的一条醉汉。

安宁

我的被窝里钻进来一只公鸡。
被母鸡开销的家伙,把我的怜悯当成了软弱。
它的爪子蹬在我的肚皮上,甩开脖子吵闹。
每天,我都要哄它入睡。世界需要它来唤醒,可这管我什么事儿?

放鸽子

马颊河。
因为一种叫声而停下脚步的人,
随手拳起几根短指。一个
并不存在的勾引者,被他冷不防地端了出来。
那无辜的样子,仿佛根本就没有断过,或者
掉在地下,还听人指挥。

记马颊河上一位晨练的老人

腿在桥栏上一遍遍地压着,
人类的第一部刑法,在他的手里慢慢地成型。
衣服是传统的松弛,
这让他可以在一种高度上认识痛苦。
老个子的坑货,
他让自己的脊柱慢慢地享受牵连。
在双手的引导下,他观察善恶的身后,
大地,承认有罪。

杜甫

太阳的招子,还是天下是最亮的招子。
致君尧舜上,
我以植物之恶,对付动物。
我矮,有愧姓氏。
女儿像饥饿一样活泼,
妻子在鄜州反对月亮。
无边落木萧萧下,不尽长江滚滚来。
当一个人在一场病中,越出边界,
多少个百年是同一个百年?
黄河平原,国家又熟了一季,
而我依然在蹂躏阳光。
有一刻,我的心像榨菜丝一样难受。

过年

三十,
一个电话也没有。
我又躲过了一年的亏欠。

妻子和女儿,
归宁守岁。

孤独是这么密集的爆竹,
送走他们,既无外债也无内债。
盛大而短暂的,就是庆典。

麻雀

不能说你知道,也不能说你
不知道。至少你听到了
"其鸣喈喈"的声音,
当它们写到幸福两字。
提点横折,没人在黄河平原上
运笔如飞,是这些笔头自己
起起落落。当它们涂黑命运的
结构,是师爷自己把自己惊散。

狐狸

雪峰让月光有了藏身之所。
就像危楼上的一个"拆"字,不过是以多余
对付多余。没有尾巴就不会漏出尾巴。
当一个女子离开大山,平楚是

尖锐的仇恨,和开阔的代价。
一条小路长出了第二茬耳朵。
想起和解,
我穿了一件最小的衣裳。

我决定把我再卖一遍

为芝麻发明一种机器,
为芥菜发明了酱。
炭火和花生在商量炒货的后事儿,
虾米向虾皮打听丢失的自我。
吃豆腐的拿个瓢,
卖豆腐的掂把刀。
一只破鞋在给鞋匠下针,
一挂羊肉在教屠夫使刀。

苍鹰

他来回示意,没有黑布。
他说飞,草木就飞了起来。
他两手抖动,白云的翅膀跟着呼吸。
他摇晃眼睛,慢慢地把凶残推到世界面前。
他说没,手里提着透亮的天空。

小蚂蚁

深厚的华北平原还不够深厚,
怎么看都缺少一个洞穴。

他收割每一棵麦子,
从大别山下来。

到泰山还没有灰心,到燕山还没有灰心。
洞穴会长腿么?

那麦茬里的玉米已经长出了甲丫,青青的,
像一株株淮河。

落日

立在寨子的中央,没人孤立他。
你知道什么叫一路拔高吧,大海就做这件事儿:
男人,焦岩,一切的善,他不再噼噼啪啪,
他的手已经长成,他就要把自己推下山去。

多余

在海上，月光是多余的
在聚落，狗叫是多余的
只有黄河平原才有这么潮湿的风
露水起来，露水多余打湿一条影子
人群中，情人是多余的
身体中，心跳是多余的
横跨五个街区，从苏北路到胜利路
这是时代多余的

总调度室

在黄河下游一处
顶楼中央的大办公室里。
电话,电脑,传真,电视,
各种指示灯,此起彼伏。
那唯一烧黑的按钮,
由上帝负责。
三十年了我在这里,
为了世界的秩序,
我从未见他向远方发出过任何一条指令。

由妻子整理卫生想到母亲礼佛

菩萨啊,
是灰全不要,不是灰全要。

东风

过了洛阳,
一台台黄土就开始别扭。
太行山和秦岭纠缠在了一起,
华山,仿佛置身事外而有了高度。
论理的沟壑,
像一群挤在一起的空眼窝。
尘沙阵阵,潼关。
背着铺盖卷的人,刚刚出门。

共工之怒

但颛顼这回他被卡住了。
他是黄帝的后人也没用,
他是江山也没用,
他是一块狗头金也不好使,
他是一穗金黄的思想也没用,
他修德也没用,这回他被卡住了。
他是一粒豌豆成么,
他是泡沫渣滓,孤魂野火也没用,
他是凶恶的阴毛成什么话,
他是倏忽也不行,
共工不仁,但颛顼,这回他被卡住了。
他卡在共工的气管里。

精卫记

依然是风。冰雪消融,
柘刺有足够的充沛,书写泪水。
每一根羽毛都是啼鸣,
每一根松针都是波涛。
当她对仇恨赋予意义,
大海,像生铁一样咆哮。

黄帝

炎帝那老爷子并不好冒犯，
阪泉一战，轩辕爷多有侥幸。
把他贴在封面上，
我们自以为天衣无缝。
而以他老人家的美德，
不可能不发现一点糨糊。
当我们谈论熊罴貔虎貙貅的时候，
不是我们自己在思考战策吧？
丈量田头原是邻里的应有之意，
你管他尺子是谁发明的？
我们还偏是对此津津乐道，
不管是正册，还是野史。
我们其实并不了解仁义的痛苦：
"都是什么体面的事儿吗？"

帝舜

历山的农民争地头,舜去耕作,
期年而水渠顺,田亩正。
河边的鱼人争夺沙梁,舜去打鱼,
期年而懂得礼让老人。
东夷的陶工有低老坏的毛病,舜去制陶,
期年而得到了牢固的器物。
弱水的小两口多年没有孩子,舜去家居,
期年而有了生产。
西戎的土地大面积盐碱、沙化,舜去放牧。
那一个个满身故事的人,正低头啃着草根。
风吹草低,
世界如此无关紧要,简直就是新的。

阪泉之战

在河北打,还是在山西打,不必过于计较。
华夏开篇,不能没有一场像样的战争,
而战地,并非是必须的。
黄帝修德振兵。
我们的发明人,驱赶着他的豆师,
莴苣师,草鱼师,水师,云雨师,鸟师。
他们凭空而战,鸡血异常。
地图上的漏洞有的是,
"通,挂,支,隘,险,远",并非是必须的。

马陵之战

庙堂崩塌,
梧桐自立。
爱情和仇恨,
风暴有两样东西从来不碰。
黄河滚来滚去,
大平原天赋的好战场。
麦苗青青,
取人家膝盖骨当然是不对的。

城濮之战

光荣属于尊周求霸的人,
胜利不是第一位的。
我们施恩报德就是了,
我们喜好礼乐,崇尚诗书就够了,
允当则归吧,别再提什么艰难困苦。
跟对手跑的小国揍他一下,
不成器的,给楚王送女人的家伙,也不妨教训一番,
可以略微激怒子玉,把他的使臣扣留下来,
但我们不能正面迎击。
撤吧,
如果胜利要来,胜利自己有腿。
不要坏了路数,
小 90 里,我们还是退了再说。

炒神

有猢鼬之国,炎帝之孙,名曰窝火,
善火中取栗,好什一之利。
有声誉,经年大富,势压半城,
是为炒神。
窝火生颠影,颠影生宋诗,宋诗生十二月。
九月生菜,困,与穷。
菜为灶神。
困处江水,经营泡沫,掩有西海,为追求劲爆的人所祝愿。
穷这一枝卵生,其后号有穷氏,尚祀窝火。
至阪泉大战,这些细枝末节们皆因襄助黄帝而得累世垄断炒货
　市场。
炒,从火从少,凡炒之属皆为炒。
是故有穷氏之流,皆得焦,黄,苦,涩之妙。

秦始皇

不要怀疑历史。
背叛了大海,一石鲍鱼,驱驰在官道上,
车马奔腾。
就算没有祝福,时代也决定这么走。

孔子

整个中原都是他的怀仁堂。
他腾出两只手放低身体,
其时,黄河近水的桑叶都是他的粉丝,
他说,诗歌不要粉丝。
匡人迎头大喝,世风柔软。
汴梁城是最好的骨头。
他拍着漂亮的大马车说,
优哉游哉,丧家犬好啊。
而先生从来没有马车。

屈原

有江河的自由
而没有崖岸的自由
有山鬼的自由,
而没有国家的自由。
士的自由是操吴戈兮披犀甲,
民的自由是炊烟,草木清楚。
臣不是渔夫,
臣的自由是跳水,外加一块石头。

荆轲

我对自己现在的处境十分满意,
你无意刺偏一点。
我尊重你的无情,
我们的相交,原不是义气。

桃花寨

争执的是我,
乘机招安的也是我。
天下汹汹,
幕府眼瞅大乱。
小小的黑社会,
桃花开得不讲规矩。

鲁智深

喊破嗓子。
二月,没有梨花。
我在边关使性,
我胖。
京华是棵柳树,
我一生都在与细斗气。
我把根拽出来,
再放回去。

宋江

瘠薄,黑
这里埋葬的是最好的渣滓
好雨,流在江里
白花花的银子走在黑道上
他用最软的刀杀人
是贼,都给他面子

武松

棍子总有被丢弃的一天。
跟着武松上得山来,我也有些醉了。
嫂子从树后窜出来,武松惊得像个拳头。
鸟有羽,兽有毛,茄子黄瓜赤条条,
嫂子不穿九分裤,嫂子的屁股摸不得。
武松的愤怒二百斤。
乱棍打死我吧。嫂子哭起来。
(你知道,是棍子该断的时候了。)
嫂子的绝望,像个胸脯。
吃斋么,汉子。嫂子哭。那夜冷得很,没雨。
武松散了头发,把自己的顶骨抠出来挂在胸前。
武松坚持不做哥哥。

卢俊义

衡阳雁去,
燕然未勒,头布未勒,
女人的腰勒了,也没勒住。

想那骑马下平原的汉子,
口渴不过,
弯腰,取一瓢江湖。

晁盖

仁者不仁,恩者无恩,
上了黄泥岗才算真正的好汉。
你是面如重枣的江州车,

打熬女色,服务上层。
我是十万贯金珠宝贝,
花花绿绿,像经济关系。

没有比银子白的,
官军挑着我,贼也挑着我,
我被人架在空中,不得好死。

杨志

漕船死于庙堂,
宝刀死于江湖。
好汉早就死了,
脖子玩索而有得焉。
下山,
我便去赖了一碗酒吃。

在鹳河

白鹳飞翔。
河水绿了,
一条浑浊的目光
绿了。结冰的沙洲,
姑娘们迷上了卵石。
另一种论语,另一种仁。

黄河赋

一条大水,以其汹涌而形成了准绳,
以其汹涌澎湃而形成了自己的一套老皇历。
山脉沉沉,青鸟通灵,
平原人家,歌舞升平。
一个地方有一个地方的戏剧,
影响主要来自另外的心跳。
平头百姓没有喙,
桃花,梧桐花,油菜花,大平原几乎听不懂人话。

涝河滩

船是伦理
水是道德

青蛙用叫声
交换月光

有时候就用稻田
给荷塘,和几千亩苇蓼的时候,也不是没有

上天有无知的知识
洪水带来的丰年,洪水也能带走

冷

被薜荔兮带女萝。
她赶着羊群,
像赶着遍地落叶。

她捏青了萝卜,
搓圆了土豆,
把生姜吓得不像样子。

端起山火揽照自己,
又一脚把镜子踢碎。
她的统治远达天际。

而沿河的迎春,已经搬出了嫁妆。
她惊起了鹧鸪,
吓出了豆芽?

河流

在亚洲,有站着流淌的河流。
他脚下这开裂的胶泥,
远比两岸那卷曲的钢铁实在。
没有巫术,就不能叫他重新躺下。

放弃回程的旅行,
永不谋面的会见,
没有内容的希望,
我能否把你放入眼睛,而不用哭出来。

濮城镇

旷野的桑叶,
比天空完整。
一颗水星千里迢迢,
飞来看我。
黄河打手一指,
她又回到了天上。

蚂蚁奔跑

蚂蚁奔跑,
有断头的欲望。

世界不缺少阳光,
但缺少一片草叶。

所以,在它被碾死的时候,
小蚂蚁已经跑过去很远了。

大风

三千宠爱在一身,
多大的幸福,走在时代的边缘。
世界要是喜欢一个人,
就会把所有的物质,一下子都塞进他的眼里。

雀鸣

从潮湿的阴影里爬起来,
鸟儿们还在林荫里商量。
樱桃已罢,苹果正红,
一串串葡萄都有了最圆的酒桶。
难以适应的依然是阳光,
季节给予的,黄河正还给南风。
而这一根根指头还没有找到手掌,
展翅欲飞,正在开放。

沙蟹

礁石,鸥鸟,浪头和铁船,
还有忘情的赶海人。
大海,要有这些。
一滴水也有自己的完整,
很少一点生活,
还要分割八条腿,和一大片海涂。

立冬记

鹰嘴岩展翅欲飞,
伴着低沉的鸣响,朝河谷深处飞掠。
平原之上的群山,
因为一只猛禽的降临,而怀上了风暴。

杨花记

昨天为是,今天为非。
昨天系小红,今天乃女人。
昨天夹七夹八,像指责,落在你的脸上,脖子里,
今天大彻大悟,忘在麦冬田里,风吹不动。
一定发生了什么大事,以你不知道的方式,
那毕竟是另一个世界,另一种真理。
要么确实是昨天,
但不是这个时代的昨天。

猫

包括它的舌头,一身慵懒,
坐在动荡中,假装没有说嘴,
而骗过了上帝。

它的利爪也骗过了女人,
把它抱起来,以两笔
巨大的债务。什么烂了
他都赔得起,这个胡子。

无理的还有幸运,
身段灵活而柔软,每次从高处跳下来,
远方都有一个恶人放下了屠刀。

两眼大睁。
有时候它也怀疑,
自己是否真地来过这个世界。

几乎没有劣迹,
它的敏感,仅仅够刺耳记住。
它的灵魂背着它去外面流浪,
也是一副被骗的样子。

那是一根真正的骨头

露齿的仇恨,
仿佛骨头生了他

我观察一条反噬的黑狗
如何为骨头赋予光芒

那是一根真正的骨头,
几次,都竖了起来。

大海

口拙的父亲,
那些暗淡是温良的,
那些无奈是开阔的,
一碗水坐在收获后的黄昏里,
潮气慢慢上来。
我清楚听到了低处的波澜,
轻微的,一种羽毛拔节的声音。
没人知道,他也有飞的愿望,
甚至,他本来就"盘旋"过。

袁沟村

白茫茫的夜里,
我回到了白茫茫的怀抱。
皇帝来了,不是我请的。
山匪来了,不是我请的。
异族来了,更不是我请的。
某个时代来了,让他们修一座水库,
他们就抱着芦苇入眠。

吵架

父亲欠了五毛钱
被人追了三天
从屋里追到街上

看见地上正有五毛钱
父亲用脚拨了拨
给了要债人

父亲照样欠人家五毛
母亲吵了半夜
把被子都吵凉了

拾

空里流霜不觉飞。
噗嗒嗒掉下来的是椿骨儿。
不小心招着哪棵,
够你捡一阵儿。

有时候就能碰上父亲。
夹着铁锹,肩着撮箕,
一声不响地从雪林中走过,
身后留下一道长长的水汽。

父亲从来没话
特别是当他从农场回来。
但我知道,该捡起来的,再硬他也会捡起来。
那种农场,也是农场。

逻辑

大兔子出生,二兔子奶,
三兔子偷人,四兔子逮,
五兔子出河工,六兔子骑大马,
七兔子杀兔子,八兔子吃兔子,
九兔子买棺材,十兔子哭皇天。
兔爷问你哭球哩,十兔子说,
坝坏水崩天下裂,五兔子再也回不来。

局限

当然有表妹,两个表哥。
房后是一片土山,门前是一条小河。
我知道外婆埋在哪里,
但不知道外爷埋在哪里,
他大概是被枪毙的,人们忌讳这点儿。
实际上,我也没有见过外婆,
不过是舅舅,像两笔债务,
大舅还清了,三舅还在饥荒。
我没有见过二舅,也或者见过,
二舅是舅家门上的人?
再远是梨花,和薄薄的烟雾,
而牛铃和山鸡,已入想象。

月亮

林中的烟火,
夜航船的低鸣,
狼眼,
鹧鸪明灭,
东山上的少年,一无所有,也很亮。

仿佛他已经宽恕了未来

夜里坐得久了,屋顶上的瑞兽也要起来活动脚垫。
沿着屋脊,他一声不响地向前走去。
在意识到自己离开房山很远的时候,
他两眼一闭,直直地向前趟了过去。
第二天有人问他,谁在瓦垄上乱踩。
而我们保护神,他有一声不吭的权利。

巳蛇

在树叶上摇晃,在岩石上。
肚皮摇晃,尾巴摇晃。
它的目光摇摇晃晃,
口感从左边摇晃到右边。
物理摇晃,道德摇晃,
摇晃就是判断力。
看不住就是一口,
然后继续,一摇三晃。

马头琴

云有千百婉转,
马什么也没有,马有一声萧萧。
鸟有一双翅膀,
马什么也没有,马有一世繁华。
而马什么也没有,
长调打开草原的夜晚,仿佛马的森森气息。

恶毒

蜘蛛一口,咬出了山谷的寂静,
再一口咬出了阳光的纯洁,
第三口,他咬出了庞杂的信念。
其实,就是一口,
三件事是一悬细细的白丝。
他存心用玄乎,跟世界作对。

影子

大曰逝,逝曰远,远曰反,反曰影子。
可是我们没有影子。
我把自己举在烛火上,
一头蠢东西就要破壳。没有影子。

光没有影子,
没影儿的事儿没有影子。
天上,
一头猪用后腿在飞。

早晨

说好要来的人还没有打门
大街还不是大街
大街还在被子里空着

乌鸦在天空里剪纸
呢喃是没有性别的话
是枯木扎成的晨风

寒的普遍性
热的个我
狗咬了一圈

太阳的草地
太阳的早餐
太阳出门不提垃圾

拖拉机把日子弄得紧张
大街呻吟
甩头发的女孩,也甩皮鞭

奢侈

早晨的窗外,鸟鸣如雨。
尖细的是阳光,
低沉的是阴翳。
我犹豫了一会儿,
却用了一床被子,一根火柴,和一根香烟。

吠叫

马颊河是死的
抽水房是死的
粘脚的黄泥是死的
唧唧呱呱的乌鸦,是死的
杨树,用很少的几片叶子呜呜地哭
大雪正在清点,
死的,全是死的
而小雪攥紧唯一的呼噜声还不撒手
我从破门洞里伸头细看
一个老丐
独挡北风
把头抵在地上还不放心
又用两手紧紧抱住
面对我们的公共财产
他放出来一只凶恶的屁股

蜗牛

如此之快,以至看起来
好像跑到了铁轨的前头。其实不过是
在一片高粱叶上凭空呼啸,
仅仅依靠一小段黏液。另一个错觉是,
它已经完全抛弃了大众。
不,猫叼走的仅仅是猫的那口"红烧羊头"。
时代是所有人的时代,
它宽大的手掌,
当然也包括这些至为简单,
根本就不构成知觉的生理反应。
"先出犄角后出头",
现实从不把那坚硬的东西薅出来。

该死的蚁窟,它到底藏着什么秘密

出于对重心的尊敬,
这一粒粒眼睛,
正在槐树粗糙的表面上爬行,
把它们的洞穴搬到高处。
浑身响的星光俯下身来询问,"需要帮忙吗?"
火车回答,"不用。"
确实不用,一座座森林原地不动,
露湿的灯火,仿佛生前。
阴暗,潮湿,曲折,
强大的黑暗,它当然要经得起各种打量。

一枚黄叶掉在路面上

一枚黄叶掉在路面上。
航班开始了,
有没有接机,都要降落。
"当我归来我不会得到问候"。
叫唤的老屋,丢失的黄狗。
我有开始的保护,
也有结束的杳然,我不过缺少
中间一节。生生不息的土地,
太阳晒在背上,像那唯一的盗伐者。
四体不勤,
没道理的一堆脸混在一起,
而成为黄河上空的一片流云。
流水泱泱
它举目望去,对岸站着三个人。

黎明

鸦鸣是一个人,
稻草是一堆人。
"那枯树是帝王而那荆棘是荣光",
种族,战火,道德,裤头……没有一滴冻雨在流浪。
黎明是我的私产,
但没有哪个不可以践踏。

过洮水

典雅,崇高,静穆,
夕阳再次照亮雪域。
鸟鼠山,马衔山,长岭山,
一群群牛羊下到草场。
苦瘠的盛世,
悲剧从不在这种地方发生。

信心

你把多少重量藏在你的蹄子里？
山脚下，一只猴子追问大象。
如果我足够巍峨，
大象说，我将不回答你的问题。

谈出生，作为基因的饥饿

海的最深处是饥饿
欲望是淫荡
老鼠偷油
锅盔打在开裆裤上
总有一天
我会把国家整得没吃没喝
星星
"天空吃了好多油水"

夜空

下弦月。一个头脑到底能想
多少东西,海岸能想多少东西?
白杨树想风,
一刹古庙,想起了北方。

一座疯人院疯掉了,
仅仅想起了北京的"四点零八分"。

王维《文杏馆》写意

是银杏,是香茅,
星宿向左走,向右走。
天空是一张斑斓虎皮,以对折的步子走路。
我在门外,和大家一起指指点点。

杜牧《遣怀》写意

在人云亦云的江湖上,我载满一船薄酒,但我不卖。
女人的腰是一件美丽的事,一个个跟断了似的,
正如那薄薄的幸名,十年一把青霜,入眼即瞎。
扬州梦就是一座明七暗八的琼楼,生命里最大一宗非卖品。

杜甫《江南逢李龟年》写意

盛世跳脱。从岐王宅里到崔九堂前,
浩淼的琵琶从来就不缺少颤音。
才说到开花,落花还远,但又何妨先说说黄叶。
江南真是个好地方,所有的事情都恍惚得可爱。

赠送

忧伤的人只过冬天
让他们雪埋痛苦吧

性欲旺盛的人给他夏天
让他在每一颗汗珠里尖叫

把春天留给老人
他们不能再老了

谁能跟孩子们争夺秋天呢
哈,这些甜蜜的虫牙

送出了四季
让我一个人到外头走走

松树

画石涛,
用松针漱口,
风认识每一种草药。
多少年我不能忘记骀荡,
趁着太阳沉醉的工夫,
松香走出来,叫声童子。

走神儿

一早就大红大绿地吹着
对面人家的喜事儿
在红地毯上,走上走下

人生如寄,山东山西
我在楼上闲坐
走到闹处,当了一会儿新郎

羚羊

一定是在晚上,空明,活跃,捉摸不定。
一千条春水流,野烟散淡。
问她为何在春光之上,永远也走不过桃花汛,
我又缘何到了上游?

敬意

我对胖子充满敬意
像囚徒崇拜典狱长一样
在孙晋芳郎平的排球队赢得冠军的时候
我们在歌乐山下的校园里敲脸盆砸玻璃
满头银发的老校长,难为,
用他的胖,塞了校门

写生

林暗石白的山道,一只水罐的腰肢
怎么扭也扭不断的山道。
可是,没有一个敛衣提水的女人。

瀑布一样的寂静,一声乌鸦,
聒噪三千里而来,碎在巇谷。
可是,没有一声有黑又亮的乌鸦。

高大与细微纠结不清,一座山
有如一个老人,正不知道自己那里软弱,
写画者写到寂寞,总是苔藓太碎,茅叶太尖。

黄河谣言

5. 善与恶
恶说,该死的都叫他们死。善应道,说的是,都是自己做的。恶说,该活的也叫他们活不滋润。善应道,说的是,都是自己做的。既然这样,为什么我是恶你是善呢?善应道,说的是,都是自己做的。

6. 实在与虚无
实在捉了一条小鱼儿,被庞大的虚无看见了。眼瞧着躲不过去,实在涎着脸对虚无说,小鱼儿给你,你饿着我也饿着。这样,回头再吃我,我先吃个小菜,你再吃个大餐,你看可好?虚无的心软了一下,没想到实在不实在,吃完鱼一扭头变成螃蟹,钻进石头缝里没了。虚无一下子气成了流水。现在过河的时候你看,流水还在那里恼怒地翻着每一块石头。

10. 一只芦花鸡向海东青讨教上天的本领。海东青说,其实不必着急,一会儿你就知道了。

14. 快乐不论斤
我掏出钱要买二斤快乐。卖场里风骚的店东家给我拿了一个魔鬼和一个天使,论斤的没有,论个的有俩。我说,不要这些,我要二斤快乐。店东家挤眼打屁股,一边说一边用包装纸包了塞给我,你是北方来的吧,开始来的人,都不要这个。

30. 你允许人们离经叛道,你也允许人们颠沛流离。

32. 你度过了一群贱卖灵魂的人,只不放过那个作践灵魂的人。

34. 好辩之功

两个好辩的人遇到一起,一个说有神,一个说无神。如此一天,你知道,他们谁能说倒谁呢?却叫赶上前来的勾命听个郁闷,对呀,到底有没有我呢?今天正是这两个好辩人的大限,勾命是来勾引他们上路的。只是勾命这一恍惚,背着他那黄亮亮的勾命索,扭头下山去了。

35. 善和恶全都放弃的一块石头,在世界的最边上斜着眼,不肯坠落。而你并不会在他身上少布一滴露水。

36. 快乐和忧伤

敌人围上来了,但我不怕,我有两个要好的朋友。快乐一定是打头阵。他上前遮掩了一下,偷偷溜了。我又让忧伤断后。我继续慢慢地朝前走,从山梁下到一处村社,见快乐在那里喝酒。他吱吱呜呜地对我说,真不该丢下你。我说,没什么,我也丢了忧伤。

52. 尔虞我诈

壁虎和眼镜蛇结伴去西天朝圣。除了添乱,壁虎什么也帮不上,眼镜蛇试几试都想一口吃了这个四脚点心。壁虎也感觉到一定得做点什么了。此时他们来到一处盘查严密的关口前,二人没有护照必须翻山,攀扯小路。人小脑子灵,壁虎说,翻山越岭不知道要耽误多少路,出来出不来也两说。前途遥远,饥渴难保,凶险不测。这样,我们把自己尾巴先剁下来,在这里藏好。目标小了,瞅个空就溜过去了,里外里省多少辛苦?说着,壁虎就把自己的尾巴脱了,埋在龙须草里。眼镜蛇叫这一军将的,没办法,也回头一口咬断了自己的尾巴。

61. 豌豆从不要要求麦子是圆的。

67. 风气

麦子越黄,争吵越激烈。野鸽乌鸦认为,应该按照个头大小分配口粮。翠鸟麻雀结盟,凭什么啊,民主嘛,一票一票啊。他们从麦青吵到麦黄,又从开镰吵到麦罢。

风看不起这些俗气。风说,如果麦子是你们吵黄的,你们就继续吵黄玉米吧。

鸟们别的不懂,好坏话还是懂的。一肚子气正没地方出呢,这时一起冲着风过来了。以为自己是什么好东西,哪次斗气没有你?风犯了众怒,一个筋斗,钻进炊烟飞走了。

70. 虎魄

虎威不倒。高明的猎虎手,在制服老虎之前,总要设谋撤销老虎的金黄虎魄。而老虎一年只睡一天。只有这天,老虎把自己的虎魄通过目光的一种注射,暂时深藏于地面以下八米的岩窍中。没有金黄虎魄护卫的肉虎是极其脆弱的,一般成年男子都可以徒手拿之。当年武松格杀的正是这种落魄虎。虎魄在人就是气节。不同的是人类随便,进门脱鞋的时候,脚趾一点气节轻卸。事急出门,鞋子都来不及带稳,气节也就遗忘了。还有邋遢的,一辈子都找不到气节,但人总归是人,并不影响什么的。

《西衙口的诗》授奖辞

　　西衙口的诗歌特质基于敏锐、精细和灵动不羁的感受力；而"齐物我"式的世界观和散点透视所提供的多维向度，则为他的言语之马打开了更为广阔的驰骋疆域。在他的诗中绝少抢占道德制高点的企图和自怜自艾的余绪；真正令他心醉的，是携万物一起化入诗歌，并在这一过程中令它们互为感官和喉舌。他以灵魂出窍蔑视三维的时空经验，以往往令人猝不及防的进入和收束，毫无顾忌的打破我们的阅读期待，他的运思多从容腾跃、穿行于现实和历史、历史和想象、想象与梦境、梦境和呓语之间，却又总能保持住自由和自律的危险平衡，从而把一切都转化为语言的当下，诗的当下。他善于抓住某一特定的情景，或予以进一步的营造、拓展，或令其在自我悖谬的荒诞中归于解体；他设喻的巧妙精奇，他对调性和节奏的敏感则与之相得益彰，据此他使成为诗赋形的过程同时成为随机变换、调整的形式锻造过程，是表面的兴之所至与结构的有机生成互为表里。尽管太多的"灵光一现"有时会使他作品的语境显得破碎，然而更多情况下，这样的灵光却一再照亮其朴树迷离的旨趣，使结构和建构同步发生，为读者带来意外的惊喜。鉴于西衙口诗歌如上的卓越品质，经评委会审读并投票决定，特将第三届"北京文艺网国际华文诗歌奖"作品二等奖授予西衙口。

西衙口获奖感言

  这样的机会和形式与大家见面让我感到非常荣幸。
  我自河南西部山区长大,60年代人。那是一个动辄因言获罪的年代,我的至亲好友和身边许多其他的人都长时间地生活在噩梦之中。我工作也在河南,不过是从山区来到了平原,在黄河下游的冲积平原上开采石油。但不管是平原,还是山区,我都没有写出与其相称的诗歌。
  感谢第三届北京文艺网国际华文诗歌奖组委会授予我二等奖。感谢评委们的辛勤工作。谢谢大家。

诗歌奖三等奖

获奖者　轩辕轼轲

轩辕轼轲：1971年1月生于山东临沂。作品入选《当代中国诗歌》俄文版、《人民文学》英文版等多种海内外选本，参加2017俄罗斯第十届国际"莫斯科诗人双年展"等活动，获2012年度人民文学奖、北京文艺网第三届国际华文诗歌奖、第七届天问诗人奖、磨铁诗歌奖"2017年度中国十佳诗人"等奖项。山东省作家协会签约作家，临沂大学文学院特聘教授。著有诗集《在人间观雨》《广陵散》《藏起一个大海》《挑滑车》《俄罗斯狂奔》。

广陵散(30 首)

夜奔

草料场的火焰熄灭之后
他夜奔的脚步也慢了下来
总得有火光在后
他才会感到曙光在前
他感觉自己就像一个卖光的货郎
如今肩上挑着的
一前一后
都装满了夜色

2013.1.23

收藏家

我干的最得意的
一件事是
藏起了一个大海
直到海洋局的人
在门外疯狂地敲门
我还吹着口哨
吹着海风
在壁橱旁
用剪刀剪掉
多余的浪花

2010.2.28

捉放曹

最后我都烦了
曹操也烦了
我们决定不玩这个游戏了

我们捉起了老鼠
最后老鼠都烦了
我们也烦了
我们决定不玩这个游戏了

我们和老鼠一起跑
等着后面有人捉
最后我们全烦了
后面的人类更烦了
我们决定不玩这个游戏了

至今我们还没决定
接下来玩什么游戏

2010.5.9

体操课

我的第一堂课就是最后一课
因为我不明白人为什么要做体操
为了说服我,体操教练一甩手
扔出个盘子,盘子碎了
扔出把椅子,椅子摔掉了腿
扔出个同学,他在空中一个后空翻
稳稳地落到垫子上
你看,只有人才是最适合做体操的
我仍然不懂,托着腮坐在角落里
看他们压腿、展臂,翻来滚去
教练向我走来,露出诡异的笑
一拍我肩膀说,坐着旁观也是一种体操
我一愣,站起来,当着全体人员的面
助跑后翻出一连串的筋斗云,上了西天

2010.5.9

挑滑车

我不该认识姓牛的,不该来到牛头山
不然一直在乡里饮酒打猎,一身安逸
现在倒好,被推向了历史的半山腰
挑这一辆辆不知从何而来的铁滑车
像加缪,在山坡推起了不断滚下的石头
他混血,在娘胎就成了纯种的局外人
一出生就是世界大战,成了和平的局外人
父亲参军,他成了孤儿,站在幸福的局外
富裕的局外,童年只有潮湿和贫穷
感染了肺结核,挡在了健康的局外
流离失所,和萨特失和,一直在
安定团结的局外,最后被飞速旋转的车轮
碾碎了中年,躺在了生命的局外
我仿佛置身于时代的局外,只是凭着惯性一挑
很快马就力不能支,我就力不能支,你们就
乐不可支,在一张白纸般的山道上
我会画出最新最腥红的图画,
被抢购,被撕碎,被诅咒,被传扬
这和我无关,我不高,我不宠,就当我犯病

2010.5.9

断桥

官人,叫我怎么说你好呢
你不听法律的,偏听法海的
你不听郑小驴的,偏听秃驴的
你扔下金山,偏去那金山寺
你倒是说说听
是木鱼好还是鱼水好
是慈悲为怀好还是我的怀好
是念经舒服还是别一本正经舒服
要不是我多长了个心眼
水漫寺院时准备了橡皮艇
你早泡成海鲜了
要不是我臂展超过刘玄德
你早被切成生人片了
小青不答应,愤青不答应,人民也不答应
翻案不得人心,翻脸也不得人心
他们把你做成视频,网上一挂
人肉搜索,人皮搜索,连耻骨都能搜索
到那时你颜面何以余世存
到那时你哭都找不到水立方
趁着今天高考上面封了论坛
赶紧随我回家转吧
泡壶雄黄酒,用普洱煮上六个茶叶蛋
小青两个,我一个大的,你吃小三

2010.6.9

不敢动

在这首诗里我一动都不敢动
它太短　我只能死死地贴住第一行
只要跨出一步　就会跌出稿纸
跌进小说的万丈深渊
我后悔走进了这首诗
武大郎后悔钻进一具又丑又矮的皮囊
只能坐在这间被人反锁的包厢里
看自家娘子和别人的冤家交欢
在这首诗里我无法娶妻生子
更别提建国大业　就是牵进来一匹马
也会露出马脚　在虚空中踢踏出火星
就像掩埋在地震中的幸存者
我只能等一只手臂伸进废墟
就像在地下失去联系的潜伏者
我只能盼一位女便衣溜进包间
我无法把题目翻盖成阁楼
也不能把句号挖成酒窖　白兰地
就是白开水也是好的　如果是你
正在读这首诗　请把它扔进水里
我烦了　在水里我游出分行的泳道
像一名感到厌倦的世界冠军
在水立方的决赛现场突然罢赛
扔下枪响后目瞪口呆的对手和观众
躺在鸟巢上　把湿透的羽毛一一晾干

2010.3.17

富士康

这些没眼光的登山族
误以为这里就是富士山
爬上去后才发现没有积雪
只好像雪片一样往下跳
整整一年,跳下了十二个
可惜没按月跳,有些不调
但颜色还是蛮红的
落在防止泄露的水泥上
落在层层包裹的版面上
既渗透不进土里
更渗透不进他们心里

2010.6.6

藕塘关

战场招亲的好处是开辟了第二战场
坏处是我不得不在两线作战
为了全力应付新战场,我从老战场的一线
退到二线,退到三线厂子光荣下岗
每天在校园门口修自行车修电动车
晚上蹲在油腻的沙发上吃猪头肉喝二锅头
墙上是黑白的婆娘,她和我交战了一生
也没生出什么战果,彩电里是我的前生
正骑在兀术头上大笑,不像今生的我
被贫穷骑在头上大笑,它怎么还不笑死

2010.5.22

南方的寡妇

南方的寡妇到了北方
依旧是寡妇,只是门前的是非
换成了身前的一个擦鞋摊
每天她都坐在超市前
擦男鞋,擦女鞋,有时擦童鞋
傍晚时分路过小饭店
用零钱换几个包子,带回租来的家
死鬼的儿子也刚放学回家
打完篮球的他,倒像一个水鬼
他脱下绽开的球鞋,嚷着要新的
她总有办法,用肉包子堵住他的嘴后
从擦鞋业华丽转身,做了补鞋的

2010.6.6

路的尽头

终于到了路的尽头,却没有坟墓
我很纳闷,看看手表,看看地图
不会出错的,前面就是地雷阵
就是万丈深渊,看一眼就头晕
一路上我只顾带着行军帐篷
却忘了带简易坟墓,现在只好干跺脚
谁知跺出来一个土地
问明情况后,他伸出脏巴巴的老手
我真想揍他的老脸,我身上
既没有铜钱,也没有纸钱
只好给了他地图和手表
他一笑,一下子陷进了地表
登时就托出来一座坟墓
就像是坐跷跷板
其实就是,当我钻进坟墓后
一下子沉进地下,沉埋百年
一下子又举到天上,四海流传

2010.5.23

小丑贾三

小丑贾三,原籍菏泽
原先在家乡扮小丑,后来毛遂自荐
随着巡演路过的豫剧团到了临沂
还是扮小丑,没有人知道他的全名
老人和小孩都称呼他为贾三
一听到喊他,他立马露出小丑的笑脸
老婆在农村,两个孩子在农村
一跳下城里的戏台,他就赶紧
擦掉鼻梁间的粉块,去邮局寄钱

歌星影星蟹行,将锣鼓中鱼贯而出
的戏子终于挤出剧院,挤出台面
演惯了样板戏古装戏的剧团与时俱进
挑了些俊男靓女,排练起热辣的歌舞
小丑率先被裁掉,被上手的时代裁掉
成了下脚料,成了蹬三轮车的
整天围着批发市场招徕生意
把翻筋斗的范用在了起落的双脚上
有时被保安扣了车,就去工商所找我

我对他印象最深的一出戏是断桥
他饰演小和尚,瞒着法海放了许仙
一路上活蹦乱跳,比自己娶了白蛇还得意
还俗后的他可没有那么得意
老婆生病,孩子要上学找工作
他的心肠更软,肝却越来越硬

临死的那阵子,剧团里为其募捐
那么多以泪卸妆的生旦净末纷纷解囊
把排名最后的小丑,率先送进天堂

2010.4.5

连环画

周末时妈妈总会把连环画带回家
爸爸出发回来,我把手伸进行李里
在茶缸剃须刀中间,总能找到连环画
大人手心的硬币,抽屉缝夹着的硬币
攒起来总能换回来一本本连环画
在校园门口的小书摊前,我经常盯着
被太阳晒得驳色的连环画封面发呆
经过软磨硬泡,那个干瘦的老头
终于同意我用一把牙膏皮换他的《西厢记》
我只能通过连环画走进历史
我只能通过残缺不全的肢体,去填满
历史人物完整的一生,我知道
历史和人生一样,都要一环扣一环
哪个环节出了差池,越了雷池,就会
倒号成曾是标王的秦池,这没有商量余地
岳飞要死在风波亭,杨业要撞上李陵碑
曹操要栽在赤壁,这没有商量余地
我的人生不止一次出了差池,我只好
搁几年笔,搁几年欢乐,龟缩在一个角落里
最终我会把尸首搁进坟墓里,封面是
被太阳晒得驳色的棺盖,多年前的一天
在人影杂沓的书店里,外面暴雨如注
我抱着本高适绘的《大禹治水》,慢慢翻开晴天

2010.3.30

搓背图

在浴池
我照例躺下
任由搓背师傅搓灰
想起了小时候
在热气腾腾的澡堂子里
父亲把我放在双膝上
搓我小小的背

那么娇嫩的肌肤
也能搓出娇嫩的灰
这么多年过去了
我渐渐苍老的肌肤
也能搓出渐渐苍老的灰
这些灰
随着污水
流到七十年代的土地上
流到八九十年代的土地上
流进新世纪
成为大地的一部分

如果
任由这位师傅
把我搓下去
搓上三十年
会不会直接
把我由一具皮肉

搓成一把骨灰

如果
我能活上一亿年
搓上一百亿次背
搓出了足够的灰
会不会直接
搓出一个地球

2010.1.29

批发暴风雨

我制造的是暴风雨
天地间就是我的车间
原料正如你所料
正出乎你的意料
请提供吧
我已从一场细雨
扩展到批量生产

刽子手需要它毁尸灭迹
导演需要它编织壮观
观众也需要它
亮出自己的伞
形形色色的伞
海燕们撩开它上下翻飞
为我们表演赴难

我批发的是暴风雨
搁满了乌云的货架
有超薄的转瞬即逝
有加厚的可瓢泼数年
也可以一生套在这场雨里
不过你要先脱掉晴天
脱掉阳光
暴风雨是免检的
请用闪电寄给我订单

2010.2.5

上辈子

上辈子
我不写诗,但写史
因为不认识李陵,未受宫刑
因为没遇到朱棣,未能暴毙
上辈子
我不做官,但做看官
看城头变幻大王旗
看你方唱罢他登场
登排场,登广场,登刑场
一个个脑袋如西瓜落地
上辈子
我印堂发亮,子孙满堂
有大房,二房,上书房
捧着奏折行走疾走走过了
一抬头走进香妃的闺房
上辈子
我守边疆,如脱缰的马
在雅鲁藏布江饮水饮誉
在湘江饮血饮泪饮恨
在一片石死磕闯王
上辈子
我隐居乡里,隐居闹市
隐于朝,隐于屏风之后
等着茶杯一摔就利剑出鞘
等着玉佩一碎就披上黄袍
几千年过去了

茶杯仍在景德镇的瓷窑
玉佩完璧归央视地上了鉴宝
上辈子
我落草为寇，贩皮草为生
终于被草根菜根刘老根倒了胃口
上辈子
我留恋青楼，红楼，狮子楼
情多累坏了混血美人
酒醉鞭疼了汗血宝马
像城管驱赶郓哥，刘翔甩掉萝卜丝
我满大街追杀西门庆
上辈子
我也被人追杀，莫名其妙
结下了冤家，结下了亲家
指腹为亲，剖腹自杀
以谢天下，以谢落花，以谢灵运
但运气总是太差
我赶考时，取消了高考
我中举时，实行了中标
几个家伙暗箱操控起底价
我中弹中的是流弹
不算牺牲，我登基登的是地基
成了水磨地面
幸亏是地暖，使躺着的我余温尚在
使掘墓人一直弄不清
我是不是死尸，该不该掩埋
上辈子
我被埋过不止一次
诗名被埋，因为诗只在脑中
除非打印机插进太阳穴

姓名被埋,因为是三姓家奴
起过单姓,复姓,自创的笔名
虽不是吕布,但成了布衣
只能夜行,独行,只能行也不行
上辈子
我投胎如投弹
从阴间如抛物线落进产房
落进乳房下的小山,小汤山
在羊水汤里泡了三百多天
顺产,难产,抓革命促生产
大炼钢铁时熔化了我的项圈
我的脖颈一直空空如也
没挂勋章,没挂大牌子,也没挂彩
它举着脑袋,像树举着树冠
它变幻着叶面,我变幻着表情
笑脸,泪脸,没脸,整容的脸
如演员去韩国,如子胥过昭关
最后在城门口倒挂下一双老眼
既不比巫女琴丝,更不是水晶珠链
上辈子
我没成美女,也没进美女
如范进,在皇榜前找到孙山
入不了宫的哥俩好,在宫口玩起了二人转
歪打正着赚了钱,开公司,搞义演
当上了政协委员,戏协委员,环保委员
植树节就植树,在地上在床上
泼水节就泼水,泼脏水泼口水
上辈子
我没成酒仙,成了酒徒
徒有虚名,比不上刘伶

后面跟着拎着铁锨的家丁
只有拎着情书的书僮
见到英台给她一封，见到莺莺给她一封
见到人妖给她一封眼锤
然后把他送到健身房净身房
上辈子
我没成李莲英，却成了孙殿英
撬开了太后上面的嘴，把夜明珠
送给了美龄，送给了她的达令
在华清池他扭了腰
在大陆又被撞了腰
一直撞到孤岛，撞进切了又焊的铜像
上辈子
我没被塑像，但画过像
被宫廷画师画过，被家庭教师画过
被粉丝美化过，仇人丑化过，上峰软化过
一会是叛徒工贼，一会是民族英雄
一会满门抄斩，一会平反昭雪
像雪糕，谁爱舔就舔，爱咬就咬
像雀巢，今天孵元宝蛋，明天孵倒霉蛋
上辈子
我很平淡，淡出了个鸟来
从来没有宝来，如来，金利来
我只是去，去去去去
去取经，取到了无字真经
去取道，取到了旁门左道
去娶亲，直娶到六亲不认
去取中原，取成了坐等救援
索性扔下众爱卿就跑
跑到林中做了林冲

跑到山里做了寒山
弄得大洋彼岸的那群垮掉派
也扔掉大麻钻进旧金山修炼
上辈子
我没能垮掉，道貌岸然
在乱刀丛中仍整好绿帽子
在乱箭穿心时仍绘好心电图
不早搏，不晨勃，不王勃
不一挥而就，不一头栽进水里
做了海龙王的女婿
上辈子
我下过海，下过棋，下过油锅
发了财，夺了冠，炸成了油条
成了中国特色的快餐
上辈子
我风餐露宿，爬雪山过草地
怀里一直揣着窝窝头一样的使命感
我不惜抛头颅抛盐卤抛皮皮鲁
抛掉了一切冬天里的童话
我们不如讲个笑话嘿嘿嘿哈哈哈
我们不如不说话一晌无话一生无话
用手指头脚趾头乱比划，上辈子
是副哑药，这辈子是个哑巴
下辈子，谁还稀罕下辈子呢

2010.5.7

在人间观雨

在人间观雨甚好,但雨会停
在城头观山景甚好,但山会崩
在时局观棋不语甚好,但棋会输
在东窗观飞鸟甚好,但鸟尽会衔走良弓
在山东喝酒甚好,但鲁酒不可醉
在橙果放歌甚好,但农药直呛喉咙
在台上发笑甚好,但笑容已被戳穿
在民间哭泣也好,但哭声往往雷同
在产房称帝甚好,但帝制已被推翻
一个个小皇帝,被接到子宫外
在山寨称雄甚好,但世已无英雄
一个个竖子,被发射成流星
在秋天收获甚好,但秋后总要算账
生米做成的熟饭又被插进稻田
在马前泼水甚好,但泼出去的水
总是浇灭马后的炮声
在都市出游甚好,但游子的心
已被安居工程砌成了地基
在旷野飞翔甚好,但赊来的翅膀
已被讨薪的天使抢回天空
在凡间修炼甚好,炼成钢铁炼成机器
炼成人精鸡精马屁精白骨精
在禅房净身甚好,先把脑壳剃光
再把思想剃光,然后顺势剃掉了小命
在情场动情甚好,先动真情虚情
再动身体最后连身体也一动不动

在战场立功甚好,先启功再郑成功
把宣纸当封地把海浪训练成家丁
在古幽州台信仰甚好,可以仰视可以仰首
可以仰天长叹前不见古惑仔垮掉
在新乌有乡信教甚好,信正教信邪教
信自创的教可惜后不见来者效忠
在围城穿墙甚好,穿过防火墙红成火焰
在平地登高甚好,登楼顶登峰顶蹬进了雪崩
在市井隐居甚好,隐进蜗居从牛逼缩成蜗牛
在江湖低调甚好,低到无病呻吟真有了绝症
在人间骄傲甚好,欲与天公试比高
最后被雷公一闪电抽成了低碳
在人间谦虚甚好,像刘谦虚虚实实
把腐败变成果实把污染变成环保
在人间前进甚好,进到未装修好的未来
在人间后退甚好,退到已被拆迁的阴曹
在人间呼啸甚好,变成旋风旋进了绯闻丑闻
在人间静止甚好,静成了止水冻住打来的水漂
在人间喘气甚好,喘粗气喘小气喘不过来气
在人间心跳甚好,跳黄粱跳高岗最后跳进来生
在人间生也好,死也好,一条命转瞬即逝
在人间写也好,不写也好,一首诗可短可长
短到露出鱼藏剑的把柄把专诸反扣在汤盆
长到冲破了全唐诗的封底把东坡撞进了南明

2010.6.11

临沂城又逢江非

兄弟 海南岛怎样 澄迈怎样 苏东坡怎样
东坡肉怎样 东坡词怎样 流放怎样 把流放当成解放怎样
放虎怎样 放鸽子怎样 大鸣大放怎样 一个屁不放怎样
海水比河水怎样 比雨水怎样 比茶水怎样 比春水怎样
春心荡漾怎样 冰心在玉壶怎样 在夜壶怎样 壶碎了怎样
有心怎样 无心怎样 插柳怎样 插秧怎样 插进去拔出来怎样
鲁达怎样 聂鲁达怎样 达利怎样 阿什贝利怎样 贝利乌鸦嘴怎样
碎嘴子怎样 名嘴子怎样 口条怎样 信条怎样 猪肉炖粉条怎样
粉丝怎样 粉墨下场怎样 粉饰太平怎样 太平公主怎样
上官婉儿怎样 上官仪怎样 宫体诗怎样 裸体诗怎样
骚体怎样 五言怎样 无言怎样 阮步兵怎样 坦克兵怎样
朋克兵怎样 履带怎样 绷带怎样 打包带怎样 中间代怎样
一代又一代怎样 一袋又一袋怎样 好多大米怎样 幸运儿怎样
早产儿怎样 胡儿怎样 安禄山怎样 风雨不动安如山又能怎样
老杜怎样 小杜怎样 李白怎样 李贺怎样 贺知章怎样
章子怡怎样 怡红院怎样 阮小七怎样 七小福怎样
福王扔进锅里怎样 把鹿从中原逐进锅里怎样 满汉全席怎样
席方平怎样 平鹰坟怎样 坟场比起排场怎样 比离场怎样
怎样怎样 鸟样怎样 鸟语比口语怎样 口语比口技怎样
技不如人怎样 技压群芳怎样 技穷怎样 技富得流油又能怎样
卖油郎怎样 三言两拍怎样 三枪拍案怎样 再补一枪又怎样
阿凡达怎样 阿泰斯特怎样 阿赫玛托娃怎样 茨维塔耶娃怎样
娃娃头怎样 雀巢怎样 凤还巢怎样 小凤仙怎样 蔡锷怎样
起义怎样 起床怎样 起来怎样 起不来又怎样 好再来又怎样
前路怎样 后路怎样 无路怎样 绝路又怎样 把绝路走绝了会怎样
绝唱怎样 绝食怎样 绝口不提怎样 绝色佳人怎样 绝句怎样

十四行怎样 少一行怎样 僧一行怎样 干一行爱一行又烦一行怎样
里尔克怎样 特拉克尔怎样 瓦尔特保卫萨拉热窝怎样 萨拉马
　戈怎样
倒戈怎样 基辛格怎样 哥白尼怎样 尼采怎样 杨采妮怎样
泥马度康王怎样 岳飞怎样 张飞怎样 曹刘怎样 公刘怎样
刘禹锡怎样 竹枝词怎样 祝枝山怎样 唐寅怎样 唐三藏怎样
悟空怎样 闹天宫怎样 盖天宫又怎样 把天宫当成子宫又能怎样
宫外孕怎样 婚外情怎样 人外鬼怎样 楼外楼怎样 天外天怎样
江湖怎样 相忘于江湖怎样 相煎于江湖怎样 煎成糨糊又能怎样
标语怎样 论语怎样 子不语怎样 希腊语怎样 卡瓦菲斯怎样
斯大林怎样 王小林怎样 林总怎样 总台怎样 总下不了台怎样
登古幽州台涕下怎样 登阳台晾衣服怎样 登徒子怎样 登高处
　不胜寒怎样
胜韩又能怎样 黑哨黑球黑屏黑幕能怎样 嘿嘿嘿嘿又能怎样
远古怎样 元谋人怎样 元好问怎样 冤大头怎样 袁大头怎样
谭嗣同怎样 秋瑾怎样 秋风秋雨怎样 秋白怎样 丘缓怎样
夏宇怎样 宇文成都怎样 成都怎样 川菜怎样 大锅菜怎样
菜鸟怎样 蔡琴怎样 蔡文姬怎样 肯德基怎样 必胜客怎样
过客怎样 回头客怎样 断头客怎样 无头客怎样 投名状怎样
入了伙怎样 散了伙怎样 火并了怎样 火死了怎样 不知死的怎样
死前闹个笑话怎样 唱支山歌怎样 跳个迪斯科怎样 啥也不干怎样
爱干不干怎样 巴尔干怎样 松赞干布怎样 匈奴怎样 家奴怎样
从奴隶到将军怎样 从将军到俘虏怎样 从俘虏到右派怎样
流派怎样 流不动的派怎样 无门无派怎样 蛋黄派又怎样
响马怎样 古道西风瘦马怎样 马王爷怎样 马王堆怎样
出土的怎样 入土的怎样 土拨鼠怎样 胡宽怎样 去者足可惜
可又能怎样 我们也在去 一刻钟你去掉一根烟 我去掉一瓶酒
你去掉五十四句话 我去掉六十四句话 还在去 话从喉管里去
血从血管里去 视线一截一截去 过目的被包扎成了记忆
呼吸一口一口去 路过花香也是一口 路过狗屎也是一口

310

皮屑也在去 一层层剥落 当我们站起时 此地已是遗迹
这去如离弦之箭不可逆转 这去如脱鞘之剑令我们奋起
心中有剑何须在手 心中有路何必脚走 心中有宇宙
身外的宇宙不过是份嫁妆 且放一旁 容我们吃肉喝汤
想怎样就怎样 爱怎样就怎样 该怎么样必将怎么样!

2010.2.7

飞人

由于经常受伤,昔日扶摇直上
的飞人,出现了衰落的迹象
一大早,他就贴上我的玻璃窗
像一个拎着水桶的蜘蛛人
挥舞着手里的抹布,打起了退堂鼓
再也不想呆在这鬼地方了,每天都有
新的高楼窜出,我几乎都贴着太阳飞了
还是免不了被开膛破肚
作为一个没有翅膀的人,我无法理解
他的举动,递过去防晒霜创可贴后
我画蛇添足地掏出了两只小鞋
他非常警觉地瞪着我,突然用那双
几乎萎缩成爪子的脚一蹬窗台
倏地一下飞进了晨光,果不其然
一刻钟后,我就在早餐前的新闻联播里
目睹了他撞碎一座楼顶的实况

2010.11.26

广陵散

我放羊的时候　你正在洗马
我把鬼子们哄进了包围圈　从奴隶
混到了将军　你却趟过一条河流
在马背上和一个骑手亡命天涯
我凋零的时候　你正在开花
我在山崖旁挨了一记闷棍　从高处
坠入了深谷　你却推开一扇寒门
在客厅里与一只景德镇瓷器整装待发
我赶考的时候，你正在下楼
我在小校场挑死了小梁王　从京都
杀到了野外　你却到后花园拜月
和一只虎皮鹦鹉鸟儿问答
我登基的时候　你正在讨饭
我在金銮殿尿湿了裤子　从龙床
一个趔趄坐在地上　你却走进城门
把断镜从怀里掏出来算了一卦
我彷徨的时候　你正在呐喊
我把自己关在小阁楼里　两耳不再
倾听窗外之事　你却坐在太阳底下绝食
从坟地上找回一副纸扎的铠甲
我缩小的时候　你正在放大
我变成了一粒石子消失在视野的尽头
纵身一跃钻进湖心　你却摇曳着贴近了云层
在初霁的街道上热气腾腾地蒸发
我厌倦的时候　你正在好奇
我杯酒释兵权后解甲归田　闻鸡不再起舞

向老农讨教种瓜之术　你却毛遂自荐
弹着一柄短剑埋怨福利待遇越来越差
我奔跑的时候　你正在弹蹄
我载着唐三藏去西天取经　过火焰山时被
烧得半熟　成为一道名菜　你却被好事者船载入黔
拴在歪脖子树旁和一只老虎各怀鬼胎地对话
我偷情的时候　你正在酣眠
我跳进粉墙　靠几首打油诗投石问路
轻松地剥掉崔莺莺的罗衫　你正梦见柳下惠
将你抱在怀里　然后自行了断结扎
我隐退的时候　你正在出山
我挥挥手不带走一片云彩　兄弟不陪你们玩了
端起了一只酒杯乐不思蜀　你却点头抱拳
煞有介事地拉开架式　和李寻欢结下了冤家
我上班的时候　你正在辞职
我为了两室一厅的房子为了退休后不流落街头
每天被傻逼们呼来唤去　你却抬手一个巴掌
在领导红肿的眼眶里滚回了老家
我回家的时候　你正在出门
你正在准备好干粮和车票去寻找一个浪子
想和他去笑傲江湖　我却四大皆空近乡情怯
束发后跳下一叶扁舟　把行囊轻轻放下

2000.4.8

太精彩了

太精彩了
实在是太精彩了
我坐在地球这个冷板凳上
看这场超宽银幕的世界
忍不住率先鼓起掌来
却没有人响应
整个宇宙间
也就只有我这两只巴掌
像上帝的眼皮
眨巴了几下

2000.7.7

路过春天

我假仁假义地
路过春天
我身上披满了青草
头上佩戴着树冠
我手拎着白云的毛巾
嘴叼着花朵的香烟
我水壶里是刚解冻的河流
我背包里装着一摞
万紫千红的群山

我模仿着春天把自己装扮
企图在城门口
蒙混过关

一群刚出洞的动物
担任守门员
对着悬赏的画像
把我看来看去
终于没有找到破绽

混进了春天后
我正暗自偷笑

不料不依不饶的春风
大踏步地从背后追赶过来
一把撕去了我的伪装

露出了那张
雪盖冰封的脸

2000.7.14

趁着

趁着还有一海水
让我们望洋兴叹

趁着还有一河水
让我们梳洗骏马

趁着还有一池水
让我们留下泳姿

趁着还有一桶水
让我们把扁担放下

趁着还有一汪水
让我们叠好纸船

趁着还有一盆水
让我们弄湿枯发

趁着还有一杯水
让我们递给嘴唇

趁着还有一滴水
让我们缩首抱膝

钻进这滴水里沉默
然后在地球的面颊上

缓缓淌下

2000.6.26

是××总会××的

很久很久以前
我们敬爱的班主任
给我们上了第一堂课
他说:是××总会××的
说得多好啊
顺理成章　铿锵有力
这句话像是火苗
直窜进我们青春的血液里

是金子总会发光的
是玫瑰总会开花的
是骏马总会奔驰的
是天才总会成材的
是龙种总会登基的

在熊熊的火焰中我们翻看典籍
对历史上的那些赫赫有名的人物
指指点点
好像在说着以后的自己

多少年过去了
时间久远得像隔了几个世纪
我们毕业后各奔东西
养家糊口　生儿育女
再也没有一个人对着我们喊:
是××总会××的

这时我们常想起我们的班主任
和另一个付水东流的自己

二十年后的一天
我们终于又相会了
一起来参加班主任的葬礼
我们躬腰驼背　垂首肃立
互相不忍对视

金子已经变成了废铜
玫瑰已经变成了枯草
骏马已经变成了病驴
天才已经变成了蠢材
龙种险些沦为了乞丐

我们这些昔日的金子玫瑰骏马
天才龙种们环尸而行
目视着我们的班主任
他紧闭着眼睛和嘴唇
在火化前给我们上了最后一课

是活人,总会死掉的

2000.7.25

无计可消除研究

罪证无法消除,销毁它的同时就多了一个罪证
时间无法消除,你能砸碎的只是手表怀表和座钟
窗外无法消除,你躲到旷野其实旷野正是上帝的窗外
上帝无法消除,你拆了平地的教堂他会蹲进心灵的窝棚
季节无法消除,你扫平了春秋正好凸显出来西夏
基因无法消除,后现代的血浆里透析出来的是盘古
流水无法消除,冰山的水晶班房里其实暗潮汹涌
阳光的手指会拽出一具接一具呼啸的大海
浪花无法消除,你挥动起剪刀只会开出更鲜艳的铁锈
壁垒无法消除,全部推倒后其实更加厚了这幢大地
地壳无法消除,剥到地幔时其实地幔又成了地壳
乡音无法消除,唱衰的只是鬓毛和清脆过的声带
不论你打官腔耍花腔说英语说鸟语,亮出你的舌苔后
童年的蛐蛐和蚂蚱还会从空空荡荡的牙龈里蹦出
白云无法消除,你把它抹黑它会变成更白亮的骤雨
脚步无法消除,你系上威亚飞在半空身影又成了更大的脚步
树木无法消除,砍伐殆尽后会林立起更茂盛的灾难
往事无法消除,你归档到遗忘的场景会在记忆里恢复
荒原无法消除,只是从艾略特的诗里平移到人们的胃里
大快朵颐的只是贫瘠,贫富无法消除,差别也无法消除
阶级无法消除,走马灯般的争斗无法消除,上镜的无法消除
出境的无法消除,引颈就戮的无法消除,人间喜剧无法消除
人间悲剧无法消除,跑龙套的无法消除,下圈套的无法消除
不管哪一套的无法消除,套餐里的炎凉和血泪无法消除
在地球的大包厢里,无数睫毛的羽毛笔正在视野上奋笔疾书

2011.12.21

G 区 13 号楼

顶楼的主人去了新加坡,把房子租给了一位诗人
他的笔名叫西坡,符合垃圾派诗人的一切标准
前愤青,前职工,后现代,无后代,三十多未婚
不到四十又离了,著作顶多等脚踝,等鼠标垫
每天他都趴在一台破电脑上,修改诗稿,更新博客
用不同的马甲出入各大小论坛,有时也为自己拉票
听到咚咚咚三声敲门,他就知道刚煮的红烧肉到了
送肉的是对门的主妇,一位在家留守的迟暮美人
丈夫在南宁做瓷器生意,儿子在南理工读钢结构硕士
她把母爱和对夫君的恩爱合二为一,一股脑喷向了诗人
每次一打开防盗门,诗人都像是过上了傣族的泼水节
在那张快散架的单人床上大汗淋漓,只有像唐三藏那样
在心里默念下半身的诗句,才能勉强使她达到第三次浪潮
每当这个时候,楼板的咣咣声总会惊醒楼下的住户
她是一位小姐,夜里要在天上人间歌厅坐台出台
只有白天才能拖回玉体稍作休整,却时常要聆听到
上空比忐忑还高亢的花腔,一看到竹竿般拾级而下的诗人
她心里便涌出雨后春笋般的国骂,相反,对门同样削瘦的警官
却赢得了她的好感,虽然职业势同水火,但只是社会分工不同
他对于她奉上的职业性的浅笑,并没有报以职业性的冷漠
有次还给她塞了一张便条,弄得她很紧张,以为是个凶兆
松开手心一看,发现是一串吉祥号码,拨过去几次之后
手心里收到的就是严打前的情报了,每次她都能逍遥法外
看着姐妹们像垂头丧气的莎娃,铩羽后从法网里归来
下一次见到警官,她总是先送上一个熊抱,再平躺下请他传教

她也做过楼下个体户的生意,不过是另一个客户二传来的
一见面还差点死机,不过马上就正常运行了,熟人更好办事
处女航她为他打了半价,以后不论单飞双飞都是八折,个体户
做的是超市生意,无以为报,总是分手前给她一大袋零食
当她吐着瓜子皮走到四楼时,门口的老干部总要叫住她,小同志
请注意公共卫生,呸,你全家才是同志呢,心里生气归生气
在他那特浓的横眉冷对下,她也不得不俯首甘为一下秒点工
这时三楼的大嫂会上来打圆场,说好了好了,远亲不如近邻
然后回屋去拿扫帚耙子,正在听戏的老公就嫌她多管闲事
老公姓孙,是地方剧团的演员,不过远不及孙红雷孙海英
除了节日两会期间偶尔参加义演,平时就呆在家里温习马连良
有时也学着神笔马良,挥毫来上一两座泼墨山水
朝花盆里倒剩茶时,他总望一眼旁边唱空城计的阳台
既没盆景也没晾晒的衣服,后来才发现一位油头粉面的官员
不定期地来这里走访,身旁玉立着左顾右盼的不同女人
一从门缝里看到演员,就拉黑粉面,用假睫毛扑闪扑闪
仿佛要将他扇向火焰山,其实楼下就有一位挥芭蕉扇的
他是一位退休的中学教师,夏天他穿着老头衫要扇
冬天他穿着秋衣秋裤也要扇,他总是抱怨暖气太热了
因此常下楼走走,有时找一楼的老光棍下下臭棋
有时就沿着楼角拐出我们的视线,去了另一首不为人知的诗
老光棍不是金岳霖,不会用逻辑学解析人间四月天
他也有过女人,不过还没来得及走到老伴,他也有过孩子
不过还没来得及走到成年,他总觉得工会举办的家庭运动会
他的家庭才配得上短跑冠军,前两名早就跑进了公墓
所以他要让自己慢下来,坐在老沙发上,听着老唱片
看着老花镜里的全家福,感受一下长跑运动员的孤独
二楼斜对过的内科医生,隔段时间就会来给他做个体检
每次都夸他零件运转良好,还劝他更新一下观念,续个弦

他总是续上一壶铁观音,摇摇头说算了,然后推开房门
看见对门老张的小孙女摇头晃脑,哼着伤不起,跑出了楼道

2012.2.5

孙悟前传

只因为名字里少了一个空
他才不会翻筋斗云,不过他会摔跟头
在童年里摔掉过门牙
在恋爱里摔掉过智齿,只能蠢蠢欲动
到了社会上,他的强项才开始发挥
在晋升的路上摔了跟头,一直得不到提拔
在婚姻的路上摔了跟头,总是钻不进爱情的坟墓
年过三十还孑然一身,独守空房
终于和空挨上边了,可惜又多了一个房
这可不是张子房,不是海景房,他还没修炼到
去桥下为老者捡鞋,去路上为跌倒者捡命
他也没嗨到能面朝大海,春暖花开
他的春天也许深锁在他的脑海里
反正我认识他时,他的脑门上一直张贴着
一纸冰霜,有时我买了除霜剂,想推门而入
他总是皱起眉头,挡开我从天而降的援手
他不相信天上会掉馅饼,更不相信天上会掉林妹妹
当我把表妹介绍到他眼前时,他没说咦怎么有点眼熟
反而有点窘迫,叫来服务生,点了几瓶青啤
几杯酒下肚后,他的舌头开始翻起了跟头
毕竟是电大生,知道很多国际和国内新闻
听说表妹喜欢诗歌,马上即席背出北岛的名句
高尚是高尚者的墓志铭,文学是恋爱者的通行证
虽说一下子没走进表妹的心里,但起码走进了嗓子眼
一连几天,她总和妻子提孙悟的名字
说现在像他这么本分的人不多了

我和妻子顺水推舟,把两艘超龄的潜艇拼成了航母
在甲板上他们踏浪而来,给我们捎来了蜜月旅行后的礼物
婚后的他总算插上了空,在工会里弄了一个虚职
在家庭里有了一个实在的儿子,小孙悟虎头虎脑的
和西游记格格不入,只喜欢喜洋洋和灰太狼
每到周末我们六个人就捉对厮杀,把客厅当成了虎牢关
小孙和我儿子打游戏,孙夫人和妻子聊韩剧
老孙和我边喝中国特色的干红边预测朝鲜形势
在茶几的板门店上,他伸出五魁首,我就牵出八匹马
他刚要点上云烟腾云驾雾,我就打开天窗念起了紧箍咒

2012.3.13

春节怀大舅

大舅,此刻你在阴间
但愿有这么一个阴间
你在抽烟,在喝酒
酒后照例龙飞凤舞一番
有时把草书写在墙上
像在人间一样你粪土着万户侯
粪土阎王,粪土判官
肯定有隐士和好汉变成的鬼
在阴间和你成为朋友

大舅,因为母亲的缘故
我们在人间聚首
我身上有你四分之一的血脉
我脸上有你八分之一的模样
小时候你带过我
父亲演出在外,母亲刚上山下乡回来
我用剪刀剪纸片,剪你的蚊帐
甚至剪破你的手

你却说这样可以练巧我的小手
大舅,至今我还手很拙
没有写出令你满意的东西
可是你仍然鼓励我
给我零钱买小人书
给我讲蔡东藩的《民国演义》
教我认大街上的大字报

教我背毛泽东诗词
你那栗色的书橱
成了我忧患的源头

大舅,我有整个欢乐的童年
是你们联手为我打造的
你们面朝文攻武卫样板戏批斗会
留给我脊背后的一堆玩具
窗外传来咒骂声打闹声和锣鼓声
让我误以为是另一个世界

大舅,我们只能活在一个世界
在这个世界长大,和这个世界恋爱或分手
我知道你的婚变,你也知道我的初恋
扯平了,但是二十一年前六月的一个夜晚
我欠你一根烟,你递给我抽的
我第一次被呛得模糊了双眼

大舅,其实我还被酒呛过
家里来了客人,你让我给长辈端酒
他们用筷子蘸冰雪露塞进我嘴里
大舅,其实我还被水呛过
你带我去河里游泳,让我抱着一只篮球
我趴在水面听你唱大江东去浪淘尽
现在你已经在人海里被浪淘尽了
你成了一个扩散到世外的涟漪
但却是我脑海里的一场风暴

大舅,你走了两年后
我又开始写作了,为你穿透地面的目光

为他们奉送给我的屈辱
为自己不屈的心,我要写
我要把右手率先写成白骨握住你的骨头
请给我力量,我还有左手
还有舌头,喉管,即使割掉了这些
我还有能在大地上写红字的头

2010. 2. 12

数字

一喜欢躺着,从小就这样
溪头卧剥莲蓬时,被水牛踩了一脚
这让他仿佛盖上了公章
更加忠于这个姿势,经常和同学打架
躺着被人抬出教室
躺在卧铺上漂进京后
他很快在群众演员中脱颖而出
凭藉着先天的优势,他饰演的尸体
摆在战场上非常逼真
这使他成了僵尸的特型演员
二本身排行老二,老大到河里游泳淹死后
他失去了拳头的庇护,变得更二了
写举报信去县里举报厂长
被厂长派人用麻袋扔进了沂河里
差点骨肉团聚,喝了一肚子墨水后
他从此不着一字,尽吃低保
三爱翻三国演义连环画
自诩为周郎,连铁匠铺的打铁声
他都停步一顾二顾,得到了他的点拨
铁匠的节奏愈加铿锵,作为回报
给了他一大堆铁末子
他用胶水捏出了一尊小乔
比起江南那个白皙的,这个有点接近刚果色
四喜欢食肉糜,相貌酷似四喜丸子
不仅出现在婚宴上,谁家有丧事
他也是冲在前头,举着一柄唢呐吹得如泣如诉

两次报名参加星光大道,都被老毕挡了驾
他索性穿上大裤衩去地铁巡演
赢得了西单裤娃的美誉
五零距离过五个女人,第一个初恋牵过手
第二个初吻,湿到语言为止
第三个是太平公主,这让他发誓要找
丰乳肥臀的,果然一找就两个
一个在家里拌嘴,一个到宾馆约会
唯一不同的是,前者小叶增生
后者经常喝大印象减肥茶
六在人海里一帆风顺,没经什么风浪
就顺利抵达了海底,这使他可以吐着水泡
深入研究脚背与足弓的关系
成了一位骄傲的鞋匠,修鞋摊前时常爆满
因为入冬后,邻着的这个超市每天都发放大白菜
七是个情种,七夕节给未亡人送鲜花
清明节给亡人送泪花,这使得几个女鬼
夜里联袂去探视他,谁知他露出了叶公本相
竟然慌乱到打报警电话
截至目前仍在荣军医院接受心理治疗
八的偶像是吕洞宾,为此他常去逗
各种宠物狗,期待被咬上一口
放着好端端的卧室不住,每到周末就和驴友
去山上钻洞,得了严重的关节炎
摇身一变成了铁拐李,聊以自慰的是
好歹也算吕道长的同志
九没有任何特征,最不好描述
最稀松平常,在大街上随便拽个人
你问他幸福吗,只要他咧开大嘴说幸福的
那就是九,有小九有老九

十盗过号,盗过汗,经常在梦中惊醒
资金链断裂之后,他更紧地和债主们捆在了一起
有时想不开,也想在法拉利的驾驶室里自焚
但是挣一辆法拉利,目前已经超越了
他刚刚修订的人生最高理想

2013.2.4

我们镇上没有小偷

一

我们镇上有大集,没有小偷
这真是一件让你大吃一惊的事情
不论人流多么拥挤,从没有出现
一双伸向别人的手,偶尔被挤出的东西
不管是一口软饭,还是一枚硬币
总有人把它从地上捡起来
当场交给失主,或者交给失物招领处
随着大槐树越长越高的喇叭
随时都在广播,都在喊出它们的名字
那些连播音员也叫不出的
就交给镇上的专家团,他们左看右看
总能准确地命名,实在不属于地球的
就暂定为不明飞行物,好吃好喝后
把飞行员塞进机舱,然后丢飞碟一样
把它们扔回遥远的星群

二

我们镇上有大会,没有小偷
这真是一件让你大开眼界的事情
不管任何事情,都要通过会议
我们不是在会场,就是在通向会场的路上
一人拎着一只小板凳,那些习惯于

席地而坐的，就拎着自己的大屁股
不过表决时，他们可一点不含糊
总是率先举起沾满泥巴的右手
通过了不准裸坐法案后，他们泄了气
不得不垫上一张报纸，一张魔毯
有时坐着坐着就能飞旋起来
孩子们拍手称快，以为是阿拉伯神灯
主持人就要赶紧修改议题
让大家火速公决，是把它打下来
还是让它自愿一头扎进沙漠

三

我们镇上有大虫，没有小偷
这真是一件让你大器晚成的事情
三十以后你才明白，在这世上
还有一位亲兄长，长得和木墩一般高
却挑着一副钻天杨削成的烧饼挑子
这中间的差距，全要由你去弥补
你坐上了车轮，腹中旋转着年轮
一路上屡屡撩开树皮，露出挺拔的肋骨
你知道要使这似箭的归心遇到红灯
非得有两个靶子，一个是景阳冈的老虎
你得饮酒后才敢打，另一个是
越轨到斑马线以外的嫂子
你得醉驾后才有胆量去杀

四

我们镇上有大厨，没有小偷

这真是一件让你大快朵颐的事情
根本不用做洪峰，养上一大群藏獒
还挡不住除夕夜前来拜年的拳头
你只须做涓涓细流，平稳过渡着
就有人端来佳肴和茅台酒
他能把窝头做成猴头，把石膏粉
做成宽粉，能把尘封的旧事
做成一道满汉全席般的新闻
刚出炉那天早晨，大家都很兴奋
满大街都是挥舞着号外的报童
我也加入了饕餮的队伍
吃得滚瓜溜圆，刚要拔腿时发现走不动了
像一粒内急的铅字，卡在了海外的头版

五

我们镇上有大饼，没有小偷
这真是一件让你大失所望的事情
你明明是奔着孔方兄来的
一落座，却发现满屋圆圆的笑容
本镇最漂亮的大饼西施
献哈达一样，把刚出锅的一张大饼
套在了你的脖子上，从此三个月之内
你都可以坐吃山空，够不着转一下
热情好客是我们的传统，画饼充饥
更是我们的传统，每个人都画得很圆
没有笔墨，我们就在地面上画
一嚼就是草根，有时嚼到抄袭野花的新红颜
就当是打牙祭，现在生活条件好了
所有的大饼都是真米白面，大饼真白啊

很白非常白极其白贼白简直白死了

六

我们镇上有大炮,没有小偷
这真是一件让你大梦初醒的事情
八国联军进犯时,也是在我们镇子前止步
抱着一堆骨灰又飘回了军舰
很多人一提起来,就算过了五十年
老手还哆嗦地握不住刀叉
他们的子孙脑子里灌输满了
小镇上空的炮声,政策一有松动
他们就溜进领事馆,要求到这里移民
我们不排外,但首先要安内
把大炮扔进了高炉,炼成了致富的钢叉
大家边溜冰边插鱼,活蹦乱跳着
有时停不下自己的舞步,就溜到了南极
为了争夺雪橇,向爱斯基摩人开炮

七

我们镇上有大雨,没有小偷
这真是一件让你大汗淋漓的事情
当我还在胎盘时,听到的胎教音乐
就是大雨,上学时学得也是大雨
走上工作岗位,越来越精通的就是
如何在大雨里步行回家
我们根本用不着雨具,我们本身就是雨具
很多地方把我们聘请过去后
从来不扶上主席台,而是撑伞一样

把我们举在头上,或者晾在一边
我们只好默默地承受着异乡的雨
异想天开的雨,有时气不过
就和一连串的雨滴顶起了头
像射出的火箭,把它们摁回了天空

八

我们镇上有大盗,没有小偷
这真是一件让你大煞风景的事情
你仗着向燕子李三偷来的三脚猫功夫
竟然行走起了江湖,一来到我们镇
就露了馅,淌出了一肚子肉三鲜
我们这儿每个人都能一招鲜吃遍天
有的洗劫过皇宫,有的大闹过天宫
至今还令玉帝耿耿于怀
每到麦收季节,就盘算秋后算账
从天上扔下来一张张报价单
正好用来做塑料大棚
种出的瓜果又大又甜,使很多食客
误以为我们这儿是吐鲁番
使很多超市的货架,自个儿跑过来
朝身上摆水果,我们只好用瓦刀
刮掉它们的油漆,把古墓里淘来的文物
刷得金碧辉煌,有时拿起木乃伊
也把它刷成一具黄脸婆

九

我们镇上有大赛,没有小偷

这真是一件让你大倒胃口的事情
你刚从中超费力地钻出来
一抬头,眼前是更狂热的观众
气得在脸上蒙上了一打墨镜
正巧今天的比赛非你莫属
主持人和一位本镇的海归女
比赛谁能尽快让你重见光明
主持人搀来老中医,海归女请来洋大夫
药渣子你还能咽得下,最吼不住的是
德国军医把你当成了战神,不用麻药
就要摘除一只眼球,吓得你赶紧喊
要有光,眼前就有输光的了
汹涌的欢呼声钱塘潮般把你举起来
抛出了鸟巢,落到了我的稿纸上
像一只不幸卡壳的毛蛋
我用笔尖戳戳,用鼠标戳戳
直到从腰里解下了明晃晃的手铐
你才舒展开腰身,爬到了题目上
像个小偷一样向我告饶

2012.4.7

《轩辕轼轲的诗》授奖辞

　　轩辕轼轲的诗具有一种"水浒传"式的气势，肆意汪洋，生猛鲜活的日常用语，想象力大胆而奇诡。他写得最好的时候，在具体和抽象之间张弛有度，释放出有质地的空降感。比如《收藏家》。此诗在当代诗歌堪称杰作，是当代诗歌中少数靠得住、耐读的作品之一。意象奇诡而令人信服，很难阐释，但不是谜语，已经物化，就像宇宙中本来存在着的词语的一次瞬间被灵性召唤，集合，凝固，齐物，出神。其超越时间的品质显而易见。诗人轩辕轼轲的世界观不甚坚定，有时候他对自己要写什么呈现出一种茫然，因此在处理的意象的时候缺乏控制而模糊。泛滥，用力过度而不得要领。但这确实是一位有希望的诗人，他需要时间去冷静下来，将他丰富多彩的想象落到实处。自我，是当代诗歌的一个陷阱许多诗人沉溺其中不能自拔，诗成为小器。诗是私人创造的语言公器。庄子曰，吾丧我。轩辕轼轲最清醒的时候，正是自我从他诗中隐匿的时候。齐物，意味着诗不是一种自恋，而是一种造物。语言之物，出于自我，但是可以置于宇宙中，与万物共生生，进入一种永恒的普遍性，而不是走红一时。

轩辕轼轲获奖感言

感谢各位评委。就在今年,中国新诗迎来了第一个百年,经过几代诗人的努力,中国诗歌从它的草创、发展还有中途的停滞和蜿蜒,在新世纪呈现出了它的生机和活力,在一些优秀诗人那里,找到了一种有效的表达当代生活和现代精神的语言和方式,出现了一批烛照时代的杰出文本。对它所取得的成果,乐观者有之,悲观者有之,其实作为一个具体的诗人,并不考虑他所处的这个写作场域是乐观者公园或悲观者公园,他面对的是人生一个个真实可触的瞬间,每一首诗都是他和世界的一角或死角的磕碰,用语言给自己开辟出的一个豁然的空间。他要做的是以灵肉为皿,以生活为料,以时代为火,煨出自己的诗歌之羹,别管是闭门羹还是开门羹,都会被一一摆在历史的门前,由后世端走,或者被现世踢翻。

诗歌奖三等奖

获奖者 茱 萸

茱萸：本名朱钦运，生于1987年。诗人，青年批评家，哲学博士，兼事随笔写作。出版《花神引》、《炉端谐律》、《浆果与流转之诗》等诗集、论著及编选近十种，作品被译为英、日、俄、法等多种语言，曾获美国亨利·鲁斯基金会华语诗歌创作及翻译奖金、全国青年作家年度表现奖、江苏省紫金山文学奖等奖励。现供职于苏州大学文学院，从事新诗史、当代诗及比较诗学的研究。

组诗《九枝灯》(选 12 首)

叶小鸾:汾湖午梦

你把爱情的红玫瑰
置于我清白的子宫
　　　　——索德格朗《冷却的白昼》①

盛夏盘踞在途,终结了花粉的暮年,
余下的葳蕤,却教人袭用草木柔弱的名字
以驱赶初踏陌生之地的隐秘惊惶。
我的双眼,被如今的屋舍灼伤,
而女性永恒,不理会时序变迁的烟幕。

仆倒的字碑如何测试肉身腐朽的限度,
墓志铭,这未曾谋面的忧郁情人?
用午梦和疏香换取传奇,那个早慧者
逃过了婚姻、衰老和文学的暴政,
躲在暗处,贴上死神阴晴不定的嘴唇。

它被装扮得如此鲜艳和娇嫩,及时地
吐出诱惑的果核,留下才华的残骸,
它种植各种猜测、无知和偏见混杂的幼苗:
死亡的自留地上,要丰盈地收获
首先必须削减枝叶,留下漫长的虚无。

---

① 索德格朗即芬兰女诗人伊迪特·伊蕾内·索德格朗(Edith Irene Södergran)。引诗为北岛所译。

作为供奉,请用另外的形式享用青春。
灵魂蝉蜕使容颜不复衰败,逃离尘世的人
依旧在长的躯体,撑破小小的棺木,
一年数寸,如那株蜡梅树轻盈的肉身。

在目睹了人世存在的仓皇和潦草之后,
要如何,才能留开这么一片小小的废墟
供远足人见证本不存在的哀悼。
这些举动如此黯淡:捡拾旧物,带走泥土,
瓦片上的新鲜苔藓,我们的闪烁言辞。①

---

① 2010年7月初稿,2012年3月定稿。时访同里古镇,至吴江叶氏午梦堂遗址,见明代女诗人叶小鸾手植腊梅而作,兼呈同游的诗人苏野。

曹丕：建安鬼录

> 诗人们青春死去，
> 但韵律护住了他们的躯体
> ——洛厄尔《渔网》①

权力的安慰局促而有限，青春的
不满足，夭折于暮年远未到来之时。
嫩芽楔入树干，吞吐出去年
衰败冰雪的余温，翻译成新的话语。

我未曾真正接近过早春的核，
对远道而来之物，也缺乏揣度和安顿。
信的格式、礼节性问候及鲜亮的汉字，
都陷入真正的忧郁，被晦暗包围——
在死亡接踵而至的建安年。

回忆是一场危险而自欺的欢娱，
更何况，有人贸然预支了白发的生长期。
诗人的蜡烛不是被春夜燃尽，
就是为丰茂的绿风所吹灭；
远游的计划时常推迟，已有过的，
在阵阵驴叫中被重新拼凑完整。

签署友情契约的手一只只凉了下去，
把笔通信的存者，仅能消费过时的墨水。
描述念旧之情倒显得过于轻巧了，

---

① 洛厄尔即美国诗人罗伯特·洛厄尔（Robert Lowell）。引诗为王佐良所译。

——距离的痕迹一旦被烙下。
那么,我们回到共同的宴会上来?
登楼,饮酒,相思,怀念憔悴的月亮。

在书信中,一切将迈入不朽的虚无,
好在诗已写就。穷尽了这排韵脚,
那些姓名还舍不得从舌头上擦除。①

---

① 2012 年 3 月 15 日作。读曹丕诗及《与吴质书》而作。兼悼亡友辛酉,以及他那过早结束的青春。

高启:诗的诉讼

在严酷处罚下,谁敢说出一句话,
就要把自己视作一个失踪的人。
　　　　　——切·米沃什《使命》①

故乡的消息总是来迟,还免不了
要湮没在梅花不敢凋败的恐惧中。
同姓、同国籍或同肤色的人们,
共享同一具文明的躯干,而暴政却
偏偏喜欢上了腌制诗人的头颅!

政治通行证的有效期委实恼人,
还刚刚被教会如何去进行新的颂赞,
转眼就为游动的标准绊了一跤:
不被要求像烈女一样保持贞节,
却要出具诗结交了新欢的明证。

你说置酒高台,乐极哀来;你说往事
它如迅捷的闪电一般劈开了共同记忆。
命运的天平上,秘辛与抱负孰轻
孰重? 要揭露的,就是这桩桩件件
见不得人的勾当和暗室惶恐的密谋?

法官和政客在没有你的浴室裸裎相见,
他们能给你的思想内裤作无罪的化验?

---

① 切·米沃什即波兰诗人切斯瓦夫·米沃什(Czesław Miłosz)。引诗为张曙光所译。

诗无效的呈堂证供,让你更加愤怒,
连呼吸都不再带有江南潮湿的气息。

为平息新孳生的欲望,经历一段长路,
直到友情提供原始的温饱,你再次忘了
那头怪兽喜怒无常的性情——
别说为诗脱罪以应许一个文学的晚年,
除了处理血污,审判远没有真正开始。①

---

① 2012年3月14日、16日作。高启为明初诗人之冠,而卒陷政治污浊中不得善终。感近日时事而作,兼示同样喜欢高启诗作的诗人徐慢。

李商隐:春深脱衣

> 那发芽的权杖难道不陪圣神去往山中,
> 依坡而上,不停攀登,直到最高的山峰?
> ——策兰《靠近墓地》①

一 果近

春天丝毫没有要如期离开的意思,
它赖在闰月里等待被文学再次押韵。
五绝?七律?或者骈体文的斑斓?
得问那冢中人,愿用不朽来交换什么。

兑现这个安稳的墓园,用它去疗救
千年来的不眠之夜?换来复活的唇舌,
召唤节节败退的青春?或者想重新
获得一具鲜活的皮囊,迎接漂流的爱欲、
更新的腐烂?于一场历史的夜雨前,
驱除笼罩在家族上空恐惧的阴云?

荥阳郊外,檀山之原,那些消失的
族人魂魄,驻扎着累世的血缘和哀伤。
你撰写好碑文,并用修辞浇灌它们,
直到繁茂的枸桃树枝撑起薄薄的绿荫:
如今墓边的桑葚和青梅半熟,这几颗

---

① 策兰即德国诗人保罗·策兰(Paul Celan)。引诗据自费尔斯坦纳《保罗·策兰传》,译者李尼。

诗的浆果迟早也要被命运的流弹击中。

迁徙变成一个徒劳的韵步。回忆要怎样
丰盈起来,与众神的盟契便能自然解开?
这个汉语的苗裔、孤儿,被时间遗弃,
只在连绵的病痛里得到忧郁的抚慰。

忘掉这些包袱里熟透的债、性情的轮廓!
语言的果核早结到了枝头,该去采摘的人,
现在都甘愿患上了自闭症:他们妄图
用撒娇的方式,去结束这个拖沓的季节。

二　无端

我不会任何一样乐器,即使你曾
反复描摹过她们身体的曼妙之处。
寂静是最好的伴奏,墓园中写生的
姑娘们很乐于接受这没来由的眷顾。

苦涩的夕照是大自然赐予的墓志,
鸟群疾掠而过,带走页岩的浅褐色。
地表发炎,皮肤隆起少女试啼的乳房,
山坡却还没有撑开她们性感的花蕾。
又一个青春的漩涡,扎进来还是趟过去:
想象力的学校里,性欲是最好的老师?

它教会我们点燃肉体的余烬,恢复
与世界作亲密接触的知觉:微光还是
烈焰?美酒甘甜,带来久违的晨勃——
虽然你刚拒绝了一桩来自行政的玉成。

歌舞长夜不息,冷意在迷梦里招手,
打翻的烛台像根刺,戳穿黎明的帷幕。
银针蜷曲,织出的锦绣被说成是爱的
遮羞布:政治的驴唇终于安在了男性
不应期困乏的龟头上;你的精液制造出
信仰的死婴,愧对帝国惆怅的落日。

多少中途的分离闪烁在牙齿和舌头上,
它们温故而知新,记得友情及缠绵的
每一个细节,悼念的参照系却愈发干枯,
焦渴的热情已蒸干了新长出来的水分。

三 芽蜕

只售单程票的暮春深处,冒昧的造访者
要停稳一辆代步的车可不是件易事。
诗不向感情收取燃油费,我们却躲不开
美学的事后审查:它有权怀疑不规矩的
现代诗人在语言中是否实施了醉驾,
并要求翻看我们在修辞上的诚信记录。

墓园不会代为辩护,它埋葬着几个符号:
情种,伤心客,糖尿病人,帝国失意官员;
不称职的道教徒却有个沉湎佛学的中年。
春天一再衰落后,这些都要被抛进高温,

烘烤出由香草、烟波和宿醉和成的面点,
混搭牢骚与传奇,摆上落寞的餐桌;
香气和色泽早已消褪,一如曾有的步履,

那张锦瑟也衰老不堪,声音侵蚀着喉结。

我曾妄图获得美的授权,指挥你的节奏
去攻克虚无,文字的通胀却击溃了我们;
才华这味毒药,使人陷入自身的喘息,
为向隐喻借贷的意义付出成倍的利息。
而如今我爱上了叶片缝隙泄露的光线,
它们即将见证一个季节语言额度的结算。

青果、残荷,接着是秋风和素雪的轮回:
诗神的遗腹子,被命运所拣选的那个人,
你的手杖会再度发芽,挺起诱人的枝杈,
收复汉语的伟大权柄,那阴凉的拱门。①

---

① 2012年5月29日、7月3日作。暮春谒荥阳檀山之原李商隐衣冠冢,取其集中诗题"春深脱衣"而作,兼示同行的诗人刀刀和刘旭阳。

刘过:雨的接纳

雨在唇间洒落,很久以前
雨就扑向烤焦了阴影的石头。
　　　　——安德拉德《阴影的重量》①

四月是树枝缝隙投到地上的光斑在
闪烁,借着风。午后造访有琼花的
体香相伴,酣眠在这里的诗人要
沉醉得醒过来吗? 我们记得他诗中
美人的指甲和脚踝的甘甜,记得他

说"春事能几许?"——仿佛朝着
人群耸了耸肩。十月,我们又一次
迟到,隔着漫长的热季,雨披和伞,
外来者陌生的叩问,诗持续的邀请。

要用到古老的方言、修缮后的新址,
这一趟,嗓音迅速挂到沙哑的档位。
酒则负责磨损健康和抱负,让世界
在阒寂中减速,而大雨洗净了园林
入口的门框,这票据的监视、诗的

边角料。"一枕眠秋雨",不用担心
被打湿,床铺和被褥都能得到烘烤:
失意者内心捂着欲望的火苗,连酒杯

---

① 安德拉德即葡萄牙诗人尤格尼欧·德·安德拉德(Eugenio de Andrade)。
引诗为姚风所译。

都浇不灭。友情呢?它兴许会递过来
半截助燃的枯木,一个远行的由头,

然后是简易行囊和分开水面的船只。
雨继续滴落,隔着时空开新的酒局,
这是自然在用自己的方式向诗致敬?
行程单收纳在枕套内,复制了你的:
寻一方好山水,躲开那命运的追杀。①

---

① 2013年4月作,深秋改定。年内数访诗人丁成于昆山,得以两谒玉峰山麓南宋诗人刘过之墓,作此以赠;兼示同游的习儿、汗青和三澍。

阮籍:酒的毒性

出于一贯的嗜好,我们不能容忍戒酒,
公开宣布与安全可靠的趣味为敌。
　　　　　——帕斯捷尔纳克《盛宴》①

我曾想象到这酿造的水里畅游,星光
打碎在沿岸,能露出呼吸夜色的头颅
可真好。从咏怀诗的章节中抽出两首
辛辣的款式,气息在周围弥散开来,
但不必去谈论:响彻夏夜的那声呼哨,
小酒馆温柔的对待——

手势颤抖,沾满液体的罂粟,隔壁的
美人则是另外一朵盛开的痴迷。关于
这些事物的毒,我们是知道的,我们
要借此祛除情感的伤寒和青春的热病,
"畅饮正在悲恸的诗节潮湿的痛苦"。

秩序,这被渴望、又要打碎的,用来
安放易朽的肉体,镇压胃和血的暴动?
飞起来,飞到没有拘束的时空里去做
一场白日梦——炼金术是彼岸的薄冰,
酒则裹挟着呓语,冲垮了信仰的堤坝。

那一年,有人刚跟世界作最后的道别,

---

① 　帕斯捷尔纳克即俄罗斯诗人鲍里斯·列昂尼多维奇·帕斯捷尔纳克(Борис Леонидович Пастернак)。引诗为顾蕴璞所译。

成都,这个三世纪的王国首府黯然地
卸下了最后的心理防线。我们也在此
被缴械,到诗的功过簿上签下了名字。

如今我也能喝一点了,旁观的味觉
终于意识到它应有的使命。是否该
感谢这份独特的赠予呢?在平庸年代,
风暴集结于酒杯中作最热烈的泅渡。①

---

① 2013年7月,成都返沪后作。给嗜饮的徐钺和安德。尝与二人于京、沪及成都聚饮,诗酒论交,今散落三地,难以尽欢,作诗遥寄。

孟浩然：山与白夜

> 毕达哥拉斯勤奋的弟子们知道：
> 星辰与人都一遍遍往复循环。
> ——博尔赫斯《循环的夜》①

茶叶刚伸直身体,杯口冒出的热气
已朝桌子散布了消息。关于来路
和归宿,时间深河冲起历史的钓竿,
甩给我们一个咬住鱼钩的好机会。

午后,烦闷干渴的光线笼罩着人类,
而那一年,峰顶的树影盖过了缓坡,
盖过所有的昼与黑夜。这次相遇又
导入同一个话题,瞭望了诗的远景,
如当年隔着春雾仰眺城外的山那样。

不过是离天空近了些,这唐朝人就
陡然生出那许多的感慨:看时序的
轮替和事物的生灭,总要隔些年月
才显得更清晰。这样的循环里,我们
要共同以"青年才俊"的面貌,作
语言的争胜——与萧悫,王融,何逊,

甚至我们的后辈。在某处,古老的
法则和修辞以另一种形式意外归来。

---

① 博尔赫斯即阿根廷诗人豪尔赫·路易斯·博尔赫斯(Jorge Luis Borges)。
引诗为陈东飚、陈子弘译。

隐藏自己是一场更深的误会。诗的
棋盘上没有任何一颗闲子,青绿山水
又怎能在纸面露出洞悉奥秘的微笑?

我们嚼甘蔗细的那头(前提是剥开
汉语的紫色深衣),并不甜美的汁水
溅满整个房间——它带来一抹浅亮
瞬间使我们拥有了一个白昼般的夜。①

---

① 2013 年夏自川返沪后作,暮秋改定。致诗人哑石。睹孟浩然登岘山诗"人事有代谢"句,忆 2011 年青城山之游,兼怀同行的岭南、川中诗友。

庾信:春人恒聚

当我倦于赞颂晨曦和日落
请不要把我列入不朽者的行列
　　　　——庞德《希腊隽语》①

兰成……这华美的表字带给后人的,
除了传奇故事,还有历史的共振?
奇妙的标识,笼罩的命运,伸——
出去的手,湍急的喘息和乱局。
公元548年,铁制面具的寒意让诗
蒙上了一层薄霜,心智的溃败比之
一千四百年后同名号者的出奔又如何?

回到温暖的南方去!那里有十五岁
最初的绮宴,铺陈完美,刚露出一角
绸缎细密的织纹。而岁月晏安,适宜
采摘林中野蕈,挑破枝头嫩红的新鲜,
游春的人来回拾取聚会后留存的喧闹。
诗人只用了几个精巧的对仗,王朝的
偏安便陡然获得了无数赞美的丰赡。

然而我们目睹过你的逃亡,它带着
柔弱而细腻的宫体嗓音在呼救。灯影
细微的摆动,足够清扫挫败感仅有的
残渣——天分是迟来的礼物,无补于
修复时局,但可以给六朝以一个理由,

---

① 庞德即美国诗人、文学家艾兹拉·庞德(Ezra Pound)。引诗为西川所译。

来赎回文学的橘树,在北方的铜镜中
留下摇曳的虚像,孕诞出绵长的甜味。

是的,你深谙日升月恒的规则,屈服于
这永恒之力,直到苍老降临,诗的近视
居然得到了意外的治愈。我们该重提
晚辈们奉上的恭维吗?不朽者厌倦了
时间的反复无常,歌舞能唤回十五岁或
二十五岁颤抖的青春吗?而游园与赏秋
作为传统剧目将被无限期共享和保留。①

---

① 2013年8月草拟,深秋再改。呈诗人柏桦,整个夏天我们曾多次言及诗人
庾信,谈到汉语的典丽与悲怆,在互联网上,在他成都的家中。

沈复:浮槎遗事

谁看见水的花朵那要命的宏大之数
在水的地板上移动?
　　　　　——史蒂文斯《充满云的海面》①

临海的山是大陆伸出的手指,它一旦
用造化的臂力抓回浅滩,我们就要
彼此成为孤独的岛屿。何况诗的失忆
至多算是惭愧的疗救,从这里的出走
只接近过梦幻余生那焦躁的边缘——

最艰难的一步是从疲惫中醒来,哀愁
成为命数的燃料,而你所记录的浮生
并不见得比航海日志更接近天地本然。
一艘海船如今稳稳地泊在全面失守的
中年,远方的景色比起室内、园中或
旅途的风尘,被赋予了更高的乐趣。

散文决定了航向。随着十九世纪远去,
它们差点湮没于集市的冷摊,而作者
出海前正遭遇着来自日常生活的风暴;
另一些丢失的手札上据说还存有墨色
正在枯萎,证明你曾涉足偏远的海国,
并研习过养生术以便适应未来的生活。

---

① 史蒂文斯即美国诗人华莱士·史蒂文斯(Wallace Stevens)。引诗为陈东飙所译。

有人将这样的历险视为闲情,似乎
远比从山腰朝南方海域眺望要安全。

新的危机是来自同代人的艳羡,他们
失陷于激动人心的客套与虚伪的表情。
果肉吞着核,水饺藏着馅,宴会的细节
能再次包裹我们的脆弱,使海边轻声
交谈的人只醉心于你隐约透露的逸闻。①

---

① 2013年11月,秋凉中作。重阅沈复《浮生六记》,以出海、养生二记佚文公案,衍成此篇。并及两年前与梦亦非至深圳西涌观海事,兼致同游。

罗隐：秾华辜负

寻找你灵魂的影子，从她学会
按新的尺度安顿我的激情。
    ——塞尔努达《致未来的诗人》①

故园无非是个熟悉的地址，你默认，
朝它投递的书信都必然会有回音。
热眼在冷遇中朝世界睁开，你沮丧，
尤其是在末世。又一个纷乱早春。

江风吹拂花萼。它们醉心于病弱，
无法胜任节候信使之角色的差使。
流水在远处平铺于沙哑的河床，
酝酿起伏波涛，如你的讽刺术。
我们几个在富春江边眺望了一会，
那样就能和你发生点联系？以
后死者的谦卑，后来人的傲慢？

你领受最古老的教诲：道因无情
而取胜，它柔软如岸边低垂的柳条，
胜过多少花朵，挥霍带露的鲜艳
而不自知。花萼和花萼的阴影，
谙于制造气味的深渊，新的反叛。
帝国版图遍布野心家，都是功名
门径，但你依然过不好这一生。

---

① 塞尔努达即西班牙诗人路易斯·塞尔努达（Luis Cernuda）。引诗为范晔所译。

太平匡济的一揽子计划,远不如
民间为你编排的全套传奇脚本那般
来得有趣。从此安心做一个配角吧,
"具是不如人",他们却相信失败者
随口说出的谶言:在乏味的今日,
唯有诗,提前将激情抛到了远处。①

---

① 2014 年春初稿,时作富春江上游;岁末定稿于日本东京练马区。罗隐为唐末诗人及道家学者,籍贯传为富春江流域之富阳(一说桐庐),历经乱离,一生颇富传奇色彩。兼致同游诸诗友。

李贺:暗夜歌唇

> 在夜里枫树叶子像磷一样闪烁,
> 雨水打湿了暗处歌手的嘴唇。
> ——扎加耶夫斯基《没有童年》①

烟焰消歇,并不全因雨水的笼罩。
你目睹沿路灯盏渐次熄灭,又泛起
磷火的冷光,在诗之郊野,词的
密林。——它们飘飏如琐碎的秋尘。

这是驴背生涯最好的景致,旅人
在长夜里获得的更为私密的温存。
何况此处的全部还能为想象所滋养,
属于另一个世界,允许梦的遴选。

周身岚雾扫在陈旧的行囊上,打湿
写满新作的纸张。你想起以前
饮过的烈酒,佐酒的歌姬,嗓子
和嘴唇,嗓子与嘴唇之间的脖颈——
那一抹亮白,辉映着积年的寡欢。
现在,这些都如雨一般倾泻于此。

暗处众树列布,藏着哼唱谣曲的
山鬼、木魅或美艳死魂灵,不同于
那未曾听闻、来自异域的海妖:你

---

① 扎加耶夫斯基即波兰诗人亚当·扎加耶夫斯基(Adam Zagajewski)。引诗为李以亮所译。

心志坚实,无惧于她们声音的迷惑,
而选择将世俗给予的敌意视为畏途。

但这路终究要走下去,穷尽一世
微弱的可能性,并在对各种音乐的
聆听中分辨出快乐的丝弦,聊度
这突如其来的今生。直到对人间的
眷恋,汇聚起所有的虚构之物。①

---

① 2014年秋,读李以亮译扎加耶夫斯基"在夜里枫树叶子……"两行,思及李贺"玉堂歌声寝,芳林烟树隔"诗而作。更有李商隐句"歌唇一世衔雨看",感于二李诗学渊源及李贺平生之所致力,因借以拟题。

钱谦益:虞山旧悔

码放好这些词语
在你的心灵变得像岩石之前。
——斯奈德《砌石》①

枉称国手,救不活这乱世枯棋。
现在你老了,在外祖旧日的庄园,
就着那棵开出花朵的红豆树
忏悔平生的恨事:党祸,罢归,
丁丑之狱,甲申之变,乙酉失节,
楸枰三局里人心的澌灭……

帝国南端的海岛却让你老怀
安慰:一座是园中红豆树的来处;
另一座,是大明最后的归宿。
更不必说身旁风姿仍在的美人,
多少年了,衰老的心脏依旧
怦然于那年冬天半野堂的初逢。

接着是我闻室之春,芙蓉舫中
催妆的满船瓦砾,绛云楼之火,
以及白茆镇芙蓉村间苏醒的春神。
最后,你来到拂水岩下,将
毕生的诗,书写到苔藓和石缝,
我则在墓旁瞥见一枝孤零之萼。

---

① 斯奈德即美国诗人加里·斯奈德(Gary Snyder)。引诗为西川所译。

遗民？这冠冕属于你的不少友人，
而不是你。一湖的冷水至今还在，
王朝已更替了几轮——这件事
堪称最好的幽默，你诗的技艺中
绝佳的点缀。二十年过去，历史
为灵魂安排了暖春，让你安心

与世界道别。三百多年也这么
过来了，山水已懂得与时俱进，
没有什么主人，只在乎资本的
诚意。我失落于虞山的夕照，
失落于不可再得的历史瞬间的
每一个决定。我，邀请你见证。[1]

---

[1] 2013年春，游虞山，于西南麓拂水岩下见钱谦益、柳如是比邻二墓。钱墓右前方有近年所建石亭一座，上题钱诗"遗民老似孤花在，陈迹闲随旧燕寻"一联。2015年夏，于微信中睹王晓渔贴其所见如皋水绘园楹联一副，即是此联。因忆虞山旧游而作，兼示常熟诗友。

茱萸组诗《九枝灯》授奖辞

茱萸的诗向我们呈现了一帧又一帧穿越时空的图景,这些连绵的图景又构成了一片浑然无际的精神之域。时间和诗思加入了它的构建,令其贯穿附近与中外,自我与历史,经验与超验,肉身与灵魂,存在与虚无,现世与轮回……它是多维的,或者说是无极的。阅读,怀古,相遇,或者倾谈:新交和故友、游历和宴饮,激发了诗人的意兴和怀恩。诗人在沉思自我与宿命的幽径深处,不断激活并重赋形骸于那些昔日的幽灵,令其走入今人的诗行中与我们相遇,从而暗示着生或死的循环往复——那在时间洪荒中湮没了肉身的人,完全有可能在任何一个历史时刻或地域复活。借助其生花妙笔,茱萸将个人与历史,新词与旧篇,歌吟与哀叹,玄思与沉醉,据以熠生辉的汉字织入荣枯交叠的真理锦绣中。他的诗杂糅着现代风格和古典气质,是诗写与运思并行的绝佳实践,是时与空、爱与欲、美与死的奇妙结合文本。它们以其典雅庄严的仪态和风骨,拒斥着粗鄙的生活,昭示着在时空被权力和资本切割的年代,阅读、沉思和写作的意义,并于人们甘于沉沦甚至早已醉心于沉沦之时,带给我们如冬日迟归者接近故园时看到的温馨灯光。

茱萸获奖感言

  感谢主办方。感谢诸位评委的青眼。这份荣誉的到来,对我而言是如此意外;如今来表达惊喜或激动,则又显出我的仓促和刻意。好在,和荣誉相比,更重要的是,它意味着那些我所尊敬与钦佩的诗歌前辈们的认同——是你们在诗歌上的劳作,于过去的十多年里,于现在,安慰和滋养着我的少年和青年时代。当然,诗歌奖是一份现世的认同,无关于永恒;但是,它时刻体现着一种来自于诗歌共同体的关切和友爱。我要谢谢你们,为这个奖、为组织本次活动奔忙的每一个人。但愿在今后的写作中,我能因自己的努力和精进,而无愧于今天所获得的这份认同。

诗歌奖三等奖:

获奖者　额鲁特·珊丹

额鲁特·珊丹:蒙古族。出版长篇小说《宫廷情猎》《大野芳菲》(简体版、台湾繁体版、丹麦文),散文诗集《未完成的骑士像》《蒙古秘史·文学本》《额鲁特·珊丹中篇小说选》《郭尔罗斯蒙古族婚礼歌》《郭尔罗斯英雄史诗及叙事民歌背后的故事》等十四部著作。另发表十余部中篇小说及四百余首散文诗。

蒙古菊

之一

已经有很多年了，我都没有和一个活着的男人说过想说的话
我守着一具毡人
开花
结蕊
我说过的那些话，大风般行走，铺下沉湎、怔惚的隔世之谜

我刹不住的琴弦
藏着一匹云青马
我真想告诉你呀！可是我不能大声尖叫，你的清白高于人世

你是石头里的花
做一朵蒙古菊吧
在牧草深处隐现。你是唯一的那朵花，如我灵魂深处的寂寥

之二

蒙古菊
说开,它就开了。这捂热的石头,常常使我陷入更深的惦念

我已经不能弹奏
余生
或许是一场空欢。我攥不紧的拳头里,岁月的流水无声无息

之三

这抬起的花朵里
珍藏着你的名字。我一次一次地升高,只怕年老时忘记初衷

冬天里藏着八月
那个女巫般的人,从皮鼓里找到预言
这是何等的沧桑
仿佛,一切都在
仿佛,一切正远。这襁褓中诞生的花,被我称作小小的孩子

之四

你转身的那一刻,我便爱上那片水域,爱上了无边无际的蓝
仿佛
云青马还在原地
我的歌从未停止

这是浪迹的天涯
你的宁静
将引我走向归途。在毡房之外,我只愿欢喜地读出你的芬芳

之五

猝醒的晨光如梦,当我醒来
快回家吧
我以母亲的名义,点燃火灶。鞍嚼放在哪里,那是我的权力

你必须留在这里
这也是我的权力
你必须为我开放
这也是我的权力。我想天天和你道一声晚安,也是我的权力
哦,这个在黄昏深处哼着歌谣,默默为情侣引路的蒙古女人

之六

不求,什么都在
求了,什么都缺
她提着自己的心
打开
放下。稍不留神,那一朵蓝色的蒙古菊,就撞疼了她的腰身

她能够放下谁呢
谁能
见到那么深的井,有谁能穿过她的眼睛
白天
在她的手中开放。夜里,黑黑的两颗星子藏着欲说不能的爱

之七

她的心无处安放
火焰一样的夜晚
将她灼伤

在沉寂的夜色中,她默默地赶路,护着自己的心肝颠沛流离
不过是七步之遥
有人
在脑袋顶上唱歌,有人用一根细长的马尾,拽伤了她的脚趾

之八

她不能在此久留
她皮肉里的疼痛
流出火焰
流出蜜汁

她用清冽的湖水
洗净额首的疲惫
一定有一根头发
落入水中。这旋涡带走的,也必将是她在尘世间带走的一切

之九

她的疼说不出来
这不是他的错误

这疼
让身体遍地开花。她一低头,就掉泪了,这结满盐粒的花朵

之十

说开,你就开了
你蓝幽幽的眼睛,开放着前世的忧伤,而你却不知道你的美

哦,我的蒙古菊!这宁静的蓝,如同宝石的碎片,将我击中
当你向阳的时候
我听见心里花开
当你朝北的时候
我听见阵阵雁鸣。哦,惊慌失措的冬天,匆匆来到我的眼前

2015年11月18日,吉林松原

酒中的行板
——献给我的蒙古菊

a 大调

1

忧伤
又来敲打她的毡门了。这分辨不清的惆怅里,有你,也有我
在一座荒弃的毡房里

无人久留
她一举杯
天空就开始迅速旋转。——她坦率地喝下去,因为无人知道

幸运之镜
已经破碎
她的眼睛,朦朦不清。灯光暗了,一盏灭了一盏又重新燃起

2

幸福,躲开她的手掌。她的手,已经无法触及你浓密的黑发
绝望
这旅途中经历的破碎
令她守住口中的悲戚

酒呵,灌入她的口中,甘洌且又绵醇,但她依然因你而惶惧
今晚的酒

又辣又苦
坚石变得像熔蜡一样。——酒算什么,继续干杯吧,你和她

3

因为骄逸,或者心不在焉,这撒满金星的地毯上,布满药渣
她的琴弦
不分高低
她搭错的民歌上,羊群啊,不分黑白

倘若,她能停止
倘若,她能放开你的缰绳,不以徒劳的姿态扯伤安宁的灵魂

4

黑夜将逝。骑着白马的人,用疯狂的马蹄将她从宇宙中携来
你呀
你这是要把她带到哪里去

明晨
能有什么美好的事情
从她的帐幕后面出现
来吧来吧,你的侍儿已将酒杯托起,并为此写出冬天的苦痛

5

天堂,是她的
地狱也是她的

这高高的酒樽,镶满了吉祥的松石

倘若这不是你,谁又能把她的肉身,带到华贵而丰满的人间

6

除了仁爱
她不想看到任何东西

当她端起杯中的尤物
酒器
都在嘲笑着她的愚痴
但她
必须用犀利者的眼神,嘲笑那些将朽肉紧紧抱在怀里的人们

7

别说话,端好你的酒
让她的呼吸感到发热,让她身体里的蔷薇,长出扎手的棘刺

但是
她不会冲着任何事物,发出咒诅
她将继续饮酒
为自己的真诚

8

举杯吧,尽情地痛饮
因为你
她将隐居于群山深处
这算什么?春天正朝她微笑,那娇嫩清新的夜晚,在等着她

9

不要告诉她这是谶语,让胆怯和虚弱的梦魇,占据她的上风
举杯
如同饮下自己的肝血
至此
她不再畏惧谴责之矢,并以自己的擅长,去做你的歌舞之徒

10

这不是日常里的寻欢
她将在自己的手饰上
刻下一对常醉的影子

她用纯正的蒙古酒歌
不断地招唤她的情侣
酒神,你也来拜访吧。她终将孤独地死去,在渴饮的海岸上

b大调

1

她笑,那酒窝里的酒
洒落毡铺
哦,坐等黑夜的女人
倘若她不能笑出声来
她的苦,就无处倾倒

2

九月初九的马奶子酒
斟在银碗里
呀,如果她不能痛饮
乳中的精华
也会将她的身体扎疼。——你快来呀,这灯光晃得过于晕眩

3

她不能端着银碗等你
桌子
椅子,都已经醉翻了
酒啊
你这不断发酵的精灵,野骆驼一般,在心里疯癫发狂的家伙

4

这小小的怒呀!现在
她把黑夜都倒出来了
小黄狗也在嘲笑她呢
她不争辩。那散落在酒杯中的词句,都是她终生必修的忍耐

5

酒呵
快回到它的深处去吧
像她的两匹马
即使雌马带上了镣铐
还要保护着她的雄马

6

好酒,永远都是你的
这是她的德行
因为爱,她必须坚守
快,快举起你的马蹄
到你该去的那个地方。帷幕,将要拉开,在一场酒的欢宴里

7

她把苦痛
当做一杯甜酒咽下了
也未曾因为那种苦痛
而把泪水,抛给别人

她也会哭。她的每一次哭泣,都是为了弱小而又无能的善良

8

有什么东西是美的呢
当她把酒水泼向天空,那满眼的清爽,将远处的山也洗蓝了
沉缅于我睡梦中的王
酒算什么
远处的风
已经将草梗全部刮散
留下来的,都是钻石

9

她无数次地举起酒杯
每一次
她都心怀那样的梦想
一回头你就站在那里。白马红袍,蹄下的钢花泛着银色的光

10

这翻转的杯口间
藏着一个生动的名字
但她必须要忍着不说
朝上
就是一部刺青的天书。朝下,如同鲜红的印章盖满她的全身

C大调

1

这绝对不是酒的缘故。
她喜欢你
就像她写字那样任性。在她为你绣制花靴的时候,也是如此

2

黑夜,就要将她挤碎
小马驹儿也来捣乱了
怀里的羊羔咩咩乱叫
走过来吧
你的妇人
正坐在干净的毡毯上
等你送来满身的酒气

3

她终日坐在你的对面
再也
不愿收容自己的伤口
她用她的娇憨向你发出阵阵恳求,并以活着的爱,向你表达

4

有人弹奏着他的弦子

碎银一样敲打着黑夜
可是,她为什么哭了
桃花马呀!琴音缭动,你穿过蓝天的影子,令她如此地惆怅

5

当她把不幸挂在嘴边,酒神怀孕了,灾星般的婴儿就要降生
去欢乐吧
把宫殿变成你的花园,并将甜美的水从空中接来,施给大地

6

不要坐着,站起来吧。别让小小的一粒尘埃,撼住你的眼皮
这杯口上
布满暴虐狂乱的气息
一阵风就要吹过去了
从天园,到满地沼泽
大地,已经不再洁白,她以傲气十足的天性守住她的恶与悲

7

她放下手中的牛角杯。那对面的一座大海,似乎也要枯竭了
她饮下的
不是烈性的蒙古黑酒,是三千个黑夜,是全部的风暴和海洋

8

香客们沿着大水转湖
她不想在此声张
她从湿漉漉的眼窝里

挖出了一眼深井。她埋下自己，也埋下咙喉里的不舍与昼夜

9

——这静静的灾难呀
谁能幸免
无人在此说话。她的歌声流回体内，一座大湖将她活活吞没

10

如果她能活到一百岁
或者更长甚至一万年
日子仍是同样的日子
事物仍是同样的事物
对于你
她已说出想说的话语

额鲁特·珊丹《蒙古菊》授奖辞

蒙古族女诗人额鲁特·珊丹诗中的意象多取自她生长的家乡,情感真挚,带有几许参透尘世的沧桑,文字清丽成熟中蕴含纯真,长句短句错落有致,古典和现代的元素巧妙交会,创造出异质的诗歌美感。在她笔下,草原的骑士是"岁月的舟,云空的马,稍一起身,结实的肩上就飞出一只鹰";"结满花蝴蝶绿翡翠的十七岁"的美好青春有着仿佛相隔百年的细腻声线,被蜜糖封唇,在心里结茧抽丝,如果可以,她就要像母亲守护婴儿般紧抓住它不放。她给爱情所下的定义浅显易懂:清茶、浓汤、棉质的内衣、肥大的马裤,以及坐在对面的情人,天窗下永不熄灭的火炉,"敞开的、温暖的、慈爱的充满了神圣而无言的力量"。蒙古女人的胸襟,便是爱情故事生动的情节。她不断追索爱情多变的容颜,发现爱时而广阔洒脱,如醉翻了的河水,时而娇贵弱小,需要捧在手里、贴在眼球,细心呵护。爱是那么弱小,而最揪心的爱是此生无法抵达对方心房的暗恋,仿佛陈置于纯净的奶瓮,不曾有过丝毫的外溢,不曾对这个世界有过一丝一毫的声张。暗恋的女子只能躲在沉沉的暮色中"守口如瓶",无悔知足地珍藏胸前的玉一般守着的爱恋,抱持《你的暗香残留三世》的信念。组诗《蒙古菊》道尽一名常年守护爱情的蒙古族女子内心缠绵的情意,十段文字为读者层层剥开动人的相思情愫,周而复始的寂寥、惦念、追忆、忧伤、心痛、渴望、自怜、执着与迷恋,像剪不断理还乱的蜘蛛网缠缚难解,让心中有所属的女子只能不由自主地随着爱情之花的周期绽放与凋萎。额鲁特·珊丹以灵活的叙述观点(譬如倒叙手法,人物转换)、富含民间典故的隐喻(譬如青云马、蒙古菊、皮鼓的预言)让情诗有了叙事的架构,也让个人的情感有了传奇的神秘色彩。

额鲁特·珊丹获奖感言

这么多年,我一直都相信,我的鼻翼下,铺展着一张洁白的羔皮。它来自我的祖辈,来自牛羊,布满了我所熟悉的迷人味道。我甚至相信,它就是我最初的襁褓,是每一个婴童呱呱坠地时就闻到的一种气味。正是基于这种认同,我的情感才拥有了统一的趋向:除了壮美辽阔的草原,我对一切孰视无睹。

2009年,写完108篇散文诗长卷《蒙古印象·献给勇士的108颗佛珠》,我感到手乏笔落。我突然感觉到,自己正从一场庞大的盛典中退出来,曾经热爱的那些古老事物,也渐渐隐退到时间之外。而我,也不再是那只盛敛古老事物的陶器。从"勇士"的那只陶器中,我挤干了留存多年的记忆,语言也随之消逝。可是,108篇长卷,就能完整地表达我的全部情感吗?那么,我还应该唱些什么,是第二部长卷《自由的天歌》,还是第三部长卷《未完成的骑士像》?草原是一座富裕的金矿,在来去自由的天风里,那辆贴着草原音符日夜行走的勒勒车,从来就没有停止转动。多少年来,它们就像我枕边的伴侣,从未与我有过分离。

我每天都在自言自语的组合着这样的文字,却不知道投稿。有人看见我的文字了,喜欢你就发表,这就是我组合文字的态度。有人唱歌,也许是唱给别人听的。我要唱歌,首先是唱给自己听的。在没有对错的门限里,我只做自己喜欢的事,我早于他人尝到文字的蜜果,这是我的欢喜。

草有草的庄严,花有花的尊容。原始的生态意识,是草原长生不衰的真理所在,草原的繁荣,必须仰仗人与自然的和睦相处、彼此共存的生态理念。高山是仁爱慈悲的父亲,大地是乐善好施的母亲,游牧民族对于自然世界的尊爱,永远都是人类史上值得交口称赞的文明,值得保护的文明。在草原上,每一个普通的老牧民,都是一位自然课的好老师。在我奔向草原深处的那些日子里,每一位放羊的老阿爸,每一位唱着《驼羔唤乳歌》的老阿妈,都是让我顶礼膜拜的智者。坐在家里读书的圣贤,不如骑着毛驴游走四方的乞丐。这就是我多次提着沉重的旅行箱,单枪匹马走向大漠深处的最初认识。

我的愿望非常简单。我想抓住时间的尾巴,在我对草原还有一些印象的时候,为孩子们保留一些东西。如果有人愿意与我一起分享游牧民族独特的感受,那是长生天赐给我的福气……

最后,我想借着这个平台,表达一下我的敬意:感谢所有的评委,感谢发现我的那些编辑老师——其实,在蒙古语当中,没有"谢谢"一词,因为天知道,地知道,因为"公义"太重;因为你知道,我知道,因为情义太浓。——伊赫·赛音(大安)!这就是我最真诚的表达!

2016年12月15日,于郭尔罗斯草原

图书在版编目(CIP)数据

大海,像生铁一样咆哮:北京文艺网国际华文诗歌奖获奖诗选.第三届/
古冈等著.--上海:华东师范大学出版社,2019
 ISBN 978-7-5675-8425-9

Ⅰ.①大… Ⅱ.①古… Ⅲ.①诗集—中国—当代 Ⅳ.①I227

中国版本图书馆 CIP 数据核字(2018)第 232050 号

华东师范大学出版社六点分社
企划人 倪为国

本书著作权、版式和装帧设计受世界版权公约和中华人民共和国著作权法保护

大海,像生铁一样咆哮
—— 北京文艺网国际华文诗歌奖获奖诗选(第三届)

作　　者	古冈等
策划编辑	王　焰
责任编辑	古　冈
封面设计	蒋　浩
出版发行	华东师范大学出版社
社　　址	上海市中山北路 3663 号　邮编　200062
网　　址	www.ecnupress.com.cn
电　　话	021-60821666　行政传真　021-62572105
客服电话	021-62865537　门市(邮购)电话　021-62869887
地　　址	上海市中山北路 3663 号华东师范大学校内先锋路口
网　　店	http://hdsdcbs.tmall.com
印 刷 者	上海盛隆印务有限公司
开　　本	890×1240　1/32
插　　页	1
印　　张	13
字　　数	322 千字
版　　次	2019 年 1 月第 1 版
印　　次	2019 年 1 月第 1 次
书　　号	ISBN 978-7-5675-8425-9/I・1974
定　　价	78.00 元
出 版 人	王　焰

(如发现本版图书有印订质量问题,请寄回本社客服中心调换或电话 021-62865537 联系)